# 博物館裡
# 發生什麼事？

曾佩玉——著

劉彤渲——圖

# 目錄

名家推薦

## 黃筱茵（臺大外文系兼任講師、童書翻譯評論工作者）

以生活化的場景，立體呈現同一個事件背後交織的各種觀點，這則萬花筒般的連綴故事讓讀者走進不同角色的內心世界，看見他們的生命處境與思緒，也讓我們試著理解人生經驗的多面性與歧異。這部作品同時也坦率誠摯地道出當代少兒面對的各種迷惘：有人儘管課業成績優異，卻找不到努力的方向與重心；對團體中被排擠同學的冷漠；不同家境的孩子生命中的缺口……等。作者細細爬梳不同孩子對人事物多面向的感受，從事件的切口，映襯他們平日不曾說出口的真實心聲。

## 陳安儀

（寫作閱讀老師）

社會老師帶著同學去參觀國立臺灣博物館，卻發生了某位同學「錢包不見」的意外事件。藉由老師詳細的詢問，每一位「目擊證人」的見證描述，抽絲剝繭之下真相逐一顯現……

這篇小說很技巧的利用多重視角的敘述方式，讓讀者能夠一一看到每一位同學不同的背景、性格、喜好、人際關係。經常欺侮同學的惡霸；品學兼優的班長；單親家庭長大寂寞的孩子；沉溺在虛擬世界的弱勢同學……在這一樁「意外事件」中，同儕相處產生了微妙的變化，學生們在這次博物館的校外教學中，除了「參觀」汲取知識之外，也因此得到不同體悟。

## 張桂娥

（東吳大學日文系教授）

透過教師視角細膩的觀察以及第一人稱的自我獨白方式，深入描繪所有登場學生對原生家庭與校園生活的真實想法、渴望改變現狀的深層內心世界、對主軸事件的情緒反應與參與解決事件過程的情感變化。靈活運用多重視角的敘事手法不僅增添了故事的真實感和情感共鳴，也引領讀者能夠更深刻理解主角人物們的獨特性格、同儕相處間的微妙人際關係變化，以及個人在事件中的成長與反思。雖然學習單內容與故事結尾設計上期待更多元與超越想像的創意展現，但整體而言，這篇小說透過豐富的人物內心描寫和引人入勝的懸疑情節發展，多面性探索青少年成長歷程的同時，也讓讀者留下深刻印象，值得細細品味和深入思考。

# 1

# 事件

一月三十一日天氣晴。

國立臺灣博物館位於臺北市二二八和平紀念公園內，此刻，大門口的階梯前方聚集一群來自正國小學的學生，他們統一身穿學校的長袖運動服，背著背包，正準備進行校外教學活動。

「你們知道博物館的起源嗎？」社會科張維茵老師面對二十一張稚嫩的臉孔，扯開喉嚨問。

然而，二十一個學生大概只有一半在聽她說話，剩下的有的在嬉戲玩耍，有的在偷滑手機，有的則是放空、發呆，思緒不知道神遊到何方。

「博物館的起源可以追溯到西元前三百年，當時的埃及君王托勒密一世在亞歷山卓這個城市，建立了亞歷山大博物館，裡面專門收藏亞歷山大大帝打仗得到的戰利品。這是最早有歷史紀錄的博物館，而現在我們使用的博物館的英文『museum』，則是來自希臘文『mouseion』，前面的『muse』指的就是繆斯女神們『muses』，這個詞最初是指禮拜繆斯女神們（muses）的殿堂。」

張維茵才說完，底下有個大塊頭男生，長得圓圓胖胖的，立刻拿起手機大聲說：「老師，妳說的跟維基百科寫的一模一樣啦！」他邊說邊笑，身邊幾個孩子也跟著一起笑。

這個學生叫王志龍，大家都叫他「阿龍」，是班上最調皮的學生。

「阿龍，老師在上課，把手機收起來，其他同學也一樣。」張維茵趁機板起臉孔說，安靜的用嚴厲的眼神掃視學生一圈，確定大家都專注地看向她，這才繼續開口說話。

「今天我們來到什麼地方？」她又問。

「國立臺灣博物館。」孩子們齊聲說。

她點點頭，從隨身包包裡抽出一疊單子，交給班長李芯玫。

李芯玫長得高高瘦瘦，留著一頭短髮，戴一副圓框眼鏡，是個很認真學習的學生。

「小玫，把學習單發下去。」

「好。」

李芯玫將手上的學習單一一發給班上同學們，單子是A4大小紙張，上面寫著「參觀國立臺灣博物館學習單」，每一份共有三頁六面，用釘書機釘起來。

「等一下你們參觀完博物館，要寫好學習單，交回給班長，如果沒有交回來，就當作今天曠課，是零分喔。」

張維茵提醒學生們，看見他們有志一同發出哀號聲，又繼續補充。

「還有，你們回家以後，要寫一篇五百字的參觀博物館心得報告，用打字的，檔案上傳到社會科的作業區，三天內要傳上去，遲交的人要扣分。」

二十一個學生此時像二十一顆苦瓜，雖然事先交代作業很掃興，但張維茵十年來的教學經驗讓她學會一件事，教育孩子一定要先講清楚規則，而且要確定他們都理解規則，這樣事後可以減少許多麻煩。

「好了，你們覺得臺灣博物館漂亮嗎？」張維茵露出爽朗的笑容問道。

「漂亮。」

大多數的孩子隨即將視線轉移到眼前這棟典雅的歐式建築，有著希臘神殿立面以及羅馬萬神殿的穹窿，氣勢宏高，優美壯觀。

「等一下進去博物館，不可以大聲喧嘩，要聽導覽員的話，知道嗎？」

「知道。」

張維茵深呼吸一口氣，帶著二十一個學生爬上階梯，走進臺灣博物館，暗地裡祈禱，今天的校外教學一切順利平安，不要發生意外。

＊＊＊

「正國國小五年六班的同學，你們好，今天非常歡迎你們來參觀國立臺灣博物館，我是你們的導覽員，姓許，你們可以叫我『艾咪』。」

導覽員艾咪看起來三十多歲，長髮綁成馬尾，笑容親切，講話聲音輕輕柔柔的。

臺灣博物館的一樓大廳寬敞華麗，好像走進電影場景，孩子們初次到來，個個興奮的拿出手機想拍照。

張維茵不得不喝斥他們要安靜。

「你們別急，」艾咪笑嘻嘻地說：「時間很充裕，等我導覽結束，你們可以自由拍攝，只是不可以用閃光燈。」

艾咪說話溫柔，但態度頗具威嚴，孩子們頓時乖乖聽話，收好手機。

「這個大廳環繞著挑高的三十二根複合式柱，最上方的採光穹頂鑲嵌彩繪玻璃圖案，基座材料是採用石材……」

她開始詳細的介紹這棟建築物的歷史以及結構，連細部都解釋清楚，像是西洋古典樣式的廊柱、燈飾、山牆泥飾等等，對孩子們提出的問題她也耐心地解答。

張維茵聆聽她說起「鎮館三寶」的故事，觀察孩子們似乎沒有太大反應，心想不知道他們聽進去多少，尤其她出的學習單上沒有相關的題目。

博物館內部共有地上三層樓和地下室，目前一樓的東展間正在展出

「重返霧臺」，是關於臺灣原住民魯凱族的展覽，而西展間則是臺灣候鳥展；二樓東展間是臺灣自然生態展，而西展間則是臺灣人物歷史展；三樓是斜屋頂的結構，一樣劃分為東西展間，東展間展示臺灣與近代博物學的相遇，而西展間則是以發現臺灣為主題；地下室相較之下有趣多了，都是以「臺灣我的家」為主題，有人文有自然，展區裝飾得很活潑，用各種淺顯易懂的方式說明，還有許多可以互動的遊戲裝置，很適合親子同遊。

艾咪帶著五年六班的同學們走過一圈後，確認他們都沒有疑問後，才離開。

「如果你們有任何問題，我會在一樓的服務臺那邊，可以來找我。」離去前她這麼說。

「謝謝導覽員艾咪姐姐。」

接下來就是自由活動的時間，張維茵要他們分成小組活動，五個人一組，選出一個小組長，負責管理好組員，並且隨時跟老師聯繫。

「老師，我……」

一個瘦小的男生突然舉起手，不知所措地看著她。

張維茵猛的醒悟，班上有二十一個學生，會有一個落單，而且不出所料，多出來的是周岑凱，他是班上最不起眼的孩子。

「小凱，你跟班長一組。」

小凱低聲地回應。「好……」

「現在開始自由活動時間，你們可以去你們想去的展區，一個小時後，在大廳集合，到時候把學習單交給班長。記住，不可以在博物館大聲喧譁，不可以跑跳嬉鬧，大家要互相提醒，要是有人違規，小組的成員也要一起連坐處罰，要扣分的，知道了嗎？」

「知道！」

二十一個孩子嘻嘻哈哈地散開了。

也不知道他們聽進去多少……

張維茵也不想像個老媽子一樣嘮叨，不過，十年的教學經驗讓她學到另一件事，即便被嫌煩，也絕對不要假設孩子們已經都知道了。

事實上，大人的話他們也會選擇性地聽，這一點，大人小孩一樣狡猾。

張維茵只能祈禱，接下來一個小時不要有意外發生。

＊＊＊

這一個小時，張維茵一直待在博物館出口附近，以防有學生偷偷溜出去，畢竟有些孩子很難固定待在一個特定的空間裡，就喜歡往外跑，尤其沒有大人盯著的時候更是如此，到時候找不到人就麻煩了。

張維茵之前為了設計學習單，已經先來參觀過博物館的展覽，大門出口旁邊有間禮品店，她趁機在店裡晃了一下，挑選幾樣紀念品，一邊用手機和幾個小組長連繫，要他們注意組員們的情況。

現在有手機隨時可以視訊通話，很方便，張維茵叮嚀孩子們要一起行動，不要隨便分開，也不可以打擾到其他參觀遊客……

「張老師，妳好辛苦。」

負責在博物館門口驗票的志工看她這樣不停對學生們耳提面命的，忍不住和她閒聊起來。

這名女志工姓方，有點年紀了，大概六十多歲，身體看起來仍很健朗，精神奕奕。

「這是我的工作，工作哪有不辛苦的。」

「現在的小孩子不好教啊，聽說都不能體罰？」

「體罰並不是教育孩子的方式，」張維茵坦率直說：「孩子們不可能從體罰當中學習到任何事，體罰只會讓他們厭惡學習。」

方志工笑了笑。「我們讀書那個年代就是用打罵教育，小孩不聽話就打，考試考不好也打，少一分打一下，被打習慣了，以為教小孩就應該那樣，其實，被打那麼慘，也沒真的學到什麼東西……」

兩人閒聊著學校教育的難處，以及家長應該負的責任……不知不覺，時間就這麼過去了。

張維茵看見學生陸陸續續來到大廳集合。

最早下來的學生是一個體型有點豐滿的女生，頭髮剪成娃娃頭，手腕還戴著幾條可愛的手環，她獨自坐在大廳的階梯上，專注的滑手機，毫不在意周遭的人群。

張維茵記得她的名字叫彭佳佳，上課的時候常常看著窗外發呆，感覺心不在焉，不知道在想什麼。

「佳佳，妳看完了？」

彭佳佳抬頭看她一眼，又繼續低頭滑手機。

「嗯。」

「學習單寫好了嗎？」

「嗯。」

「妳一個人先過來，其他組員知道嗎？」

「知道。」

兩人就這樣她問一句，她應一句，張維茵識相地走開，不打擾她滑手機了。

終於，預定的一個小時過去了，五年六班的學生們一一聚集在大廳，分成幾個小圈圈，熱烈地聊天打鬧拍照……

班長李芯玫在收學習單，有幾個學生趕在最後一刻寫好，交給她，而張維茵則快速的數人頭。

一、二、三、四、五、六……二十。

張維茵皺起眉頭，再數一遍，由於學生們通通穿著學校的運動服，目標很顯眼，她一下子就數好了，確定只有二十個學生，少一個。

「還有誰沒到？」她提醒學生。「小組長數一下自己的組員。」

孩子們聽到老師的吩咐，立刻開始確定組員人數。

這時，班長已經收好二十份學習單，猛地想起來。

「周岑凱好像還沒過來……」她說。

經她一提醒，張維茵又看了眼所有的學生，發現自己也不知不覺忽略了他。

「有誰知道小凱在哪裡？」

「老師，我剛剛在地下室看到他！」一個頭髮捲捲、身材中等的男生舉手說，張維茵記得他的名字叫鄭進宏，個性開朗，在班上的人緣不錯。

「阿宏，你去地下室找他，要他快點過來集合。」

「好！」

鄭進宏立刻動身往地下室的方向移動，張維茵則拿出手機，搜尋小凱的手機號碼，打電話給他，她有全班學生的手機號碼，以備萬一。

其他學生發現似乎沒事了，又恢復輕鬆姿態，分成幾個圈圈在聊天打鬧，張維茵只好提醒他們小聲一點，不要打擾其他遊客。

周岑凱沒接電話，張維茵連續打了三通電話，他都沒接……她有股不祥預感。

這時，鄭進宏匆忙地跑上來，氣喘吁吁。

「老師，我找不到他。」

氣氛又開始緊張起來，張維茵要大家少安勿躁，先在這裡等候，小組長看好自己的組員，不要吵鬧，班長也留下來維持秩序，她則找了四個學生一起下去地下室找人。

張維茵和學生們分頭行動，各自負責一個區域，隨時用手機互相聯繫，每一個角落都要仔細尋找。

最後，有個學生在男廁所找到周岑凱，原來他竟然躲在其中一間廁所裡。

總算找到人……張維茵暫時鬆口氣，可是看到周岑凱哭得眼睛紅腫，整個人很狼狽的樣子，心裡感到疑惑。

「小凱，你忘記集合的時間嗎？老師打電話給你你也不接？」

她盡量不用責備的口氣說話，但仍掩不住焦慮的心情，到底發生什麼事？

「對不起……」周岑凱低著頭說。

「你怎麼了？」

「我……」

張維茵和其他四個學生站在地下室男廁所門口，圍繞著他，屏息以待他的答案。

「老師，我的錢包不見了。」

張維茵暗嘆口氣，她最害怕的「意外」還是發生了。

＊＊＊

張維茵凝望著眼前二十一位學生，神情嚴肅地說：「各位同學，周岑凱同學剛剛發現他的錢包不見了。」

此話一出，張維茵感受到一陣騷動，孩子們開始議論紛紛。

周岑凱站在老師身邊，頭更低了，雙手不自在地扭動著，似乎難以承受眾人審視的目光。

張維茵摟住他的肩膀，對他笑了笑，鼓勵地說：「小凱，告訴大家，你的錢包長什麼樣子，我們可以幫你找。」

這時，有幾個學生發出異議。

「老師，我們想下課……」

「他自己沒看好錢包……」

「為什麼我們要幫他？」

張維茵可以理解他們「不想浪費時間」的心情，但她堅定地回應。

「各位同學，如果有人需要幫助，我們應該盡自己所能，伸出援手，因為每個人都有需要被幫助的時候，更何況，小凱是我們的同學。」

「對不起……」周岑凱咬著嘴唇，低聲說。

張維茵發現這個孩子好像把「對不起」當成口頭禪，這可不是好現象。

「小凱，說吧，你的錢包長什麼樣子？」

「是藍色的牛仔布，有兩個拉鍊，上面縫了一隻白色貓咪，」他伸出右手，握成拳頭。「跟我的拳頭差不多大……」

「你們有誰知道他的錢包掉在哪裡嗎？」

沒有人回答。

「好，現在大家分組行動，每一組去不同的區域，徹底地幫小凱找錢包。班長，妳來分配區域。」

「好。」

班長分配好搜索的區域後，孩子們各自散開，張維茵則帶著周岑凱去博物館的服務臺詢問，是否有人撿到他的錢包？

很可惜，沒有。

遺失錢包這件事可大可小，周岑凱告訴她，裡面只有三百塊現金和一點零錢，還有他的學生卡、健保卡和家裡的鑰匙。

丟錢算小事，麻煩的是那些證件要重辦，他大概是怕被爸爸媽媽罵，才躲在廁所裡哭。

周岑凱垂頭喪氣地跟著老師，他們來到東長廊，在一張空的長椅子坐下。

「老師，對不起……」

「不要一直說對不起，每個人都會犯錯，遇到問題，就想辦法解決問題，不要一個人鑽牛角尖，你身邊有很多人可以幫忙你。」

周岑凱點點頭。「老師，我也要去找我的錢包……」

「不用急，現在同學都在幫忙你，你有一件更重要的事情要做。」

「什麼事？」

「仔細想一想，你剛才去了哪些地方，做了什麼事？你的錢包有可能會掉在哪裡？」張維茵停頓下來，認真地看著他的眼睛問：「你進來博物館的時候，錢包確定放在身上？」

「我確定。」

「放在哪裡？」

他摸了摸外套的右邊口袋。「我放在外套口袋裡，我怕會弄丟。」

「導覽員艾咪帶我們走一圈的時候，錢包還在嗎？」

「嗯。」他肯定地點頭。

那就是在自由活動的時候弄丟的……

「自由活動的時候，你去了哪些地方？」

周岑凱仔細地回想。「我跟班長他們一組，他們去哪裡，我就去哪裡……我們先去看魯凱族，又去看候鳥，然後去二樓，又去三樓……因為我覺得很無聊，就自己一個人去地下室。」

「你有告訴班長嗎？」

「班長很專心在看展覽，所以我跟陳美妤說了。」

陳美妤……張維茵的腦海浮現一張五官精緻的臉龐，頭髮綁成雙馬尾，今天好像還擦了唇膏，是個很會打扮的女生，朋友很多，而且很愛滑手機，張維茵曾經在課堂上抓到她偷用手機傳訊息。

「你一個人到地下室？」

「嗯。」

「那時候，你的錢包還在身上嗎？」

周岑凱遲疑了。

「我不知道……」

這時候，孩子們陸續回來了，聚集在他們身邊，很遺憾，大家都一無所獲。

「老師，會不會有人惡作劇，偷偷把周岑凱的錢包藏起來？」有同學這麼說。

「王志龍，你是不是又欺負周岑凱？」另一個同學大聲問道。

王志龍被點名後，臉色漲紅，氣呼呼地反駁：「你不要亂講，我才沒有！」

張維茵不得不出聲制止這種沒來由的指控。

「同學，沒有證據不可以隨便指名道姓，」

不過，惡作劇這個想法讓張維茵有了新方向，她想了一下，要所有學生閉上眼睛，包括周岑凱。

「不可以偷偷睜開眼睛喔。」

她確定所有學生都閉上眼睛了，這才開口問：「如果你只是惡作劇，現在舉手承認，交出錢包，老師不會處罰你。」

沒有人舉手。

張維茵仔細思考，周岑凱走進博物館時，他很確定錢包在身上，自此他都沒離開過博物館，也就是錢包一定在館內的某處，不可能離開這裡……

她不相信周岑凱是遭竊，小偷會看上一個小學生的錢包的機率太低了，但她也不想相信自己班上的孩子是小偷……她突然有個想法。

「大家聽好，今天你在博物館的時候，曾經看過周岑凱的錢包的人，舉手。」

有人舉手了。

一、二、三、四、五……張維茵記住這五個學生，接下來，就是她作為老師的責任了。

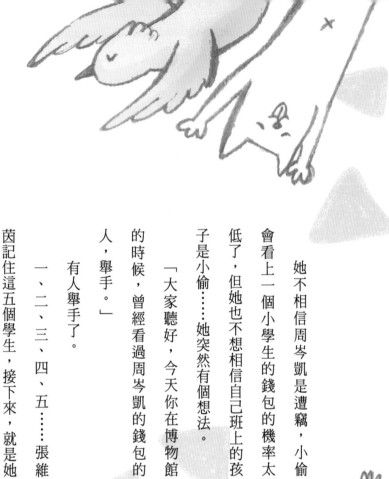

# 2
# 心得報告

## 一、

李芯玫總是隨身攜帶一本小筆記本，扣著一支原子筆，大小剛好可以放進口袋裡，讓她可以隨時記錄身邊發生的大小事。

雖然現在有手機可以拍照和錄影，很方便，但她覺得用寫字記錄才能訓練大腦，在極短的時間內觀察並統整，如果一味地用偷懶的方式學習，那她的大腦也會一起偷懶，這樣不好。

這是她的爸爸媽媽從她會寫字開始，訓練她養成的習慣。他們告訴她，寫筆記能幫助她消化、思考所吸收的新知識，並且進一步轉化成為自己的東西。

李芯玫的爸爸是耳鼻喉科醫生，自己開業，有一間診所，工作很忙碌，而她媽媽在大學教書，一樣很忙。

雖然同住一個屋簷下，李芯玫能同時看到爸爸媽媽的機會並不多，他們很關心她，也想陪伴她，她感覺得出來，只是有心無力，能分給她的時間像是「擠出來的」，只能盡量滿足她的物質需求。

李芯玫沒有埋怨過，覺得爸爸媽媽好辛苦，而她唯一能做的，就是讓他們不要那麼辛苦，減少他們的負擔。

他們從未強迫她去做什麼，對她採取開放式的教育，只要求她培養閱讀習慣，不逼她去上補習班，而是問她想學什麼，只要她想學的、有興趣的，他們都無條件支持她去學。

但這反而成為她的煩惱來源。

李芯玫的學業成績優秀，但她的爸爸媽媽比較關注其他方面，每次只要有空，可以和她閒聊，總會問她在學校有沒有交到朋友？跟同學們相處得如何？喜歡哪一個老師？喜歡什麼運動？喜歡畫畫嗎？喜歡玩電玩嗎？有沒有在網路上認識新朋友……與其說，他們想教她什麼，更像是在觀察她。

李芯玫的壓力就是她真的不知道自己喜歡什麼，她不知道自己的興趣。

她在各方面都很平均，功課好，沒有特別喜歡的科目，運動表現也不錯，美勞課、電腦課……她的成績都比同學好，算是全能型的。

說出來可能會被討厭，她其實也沒有特別努力，只是養成事前準備的習慣，大家都覺得她很厲害，甚至很崇拜她，她偶爾會感到困擾、迷惘。

有的同學很愛打電動，有的同學有很喜歡的藝人，有的同學很喜歡上網跟陌生人聊天，有的同學很愛踢足球，有的同學很愛聽音樂……好像每個人都有熱愛的事物，她卻沒有特別想要的東西，沒有非常想做的事情，這樣正常嗎？

「沒關係，不急，妳的年紀還小，等妳長大，就會找到妳的興趣。」爸爸媽媽總是這樣安撫她，她卻感到疑惑，如果長大以後也找不到呢？

每次只要碰到跟「我的未來」、「我將來要做什麼」類似的題目，她寫著「我想當老師」、「我想成為科學家」、「我想像我爸爸一樣當醫生」，只感到很心虛……其實，她根本什麼都不知道。

＊＊＊

李芯玫總是被選為班長，不論是由老師指定或是由同學們投票決定，她猜想，可能是因為她的功課好，做事比較認真，而且比較「乖」吧，並不是因為他們喜歡她。

對她來說，人際關係是一件自然存在的事情，她從來不會去討好任何人，也不在乎別人喜歡不喜歡她。

她平等地對待班上的同學，沒有跟誰比較要好，要分組的時候，總會有同學自動來找她想跟她同一組，雖然沒有證據，不過她猜測班上大部分的同學都認為她的功課好，又是班長，老師會特別照顧她，其實她跟幾個老師的關係也很普通。

作為班長，很多時候她會夾在同學跟老師之間，被迫承擔溝通的責任。

老師會要她負起管理同學的責任，而同學們會希望藉由她傳達他們需要什麼，很像一塊夾心餅乾。

舉凡幫老師收作業、照顧沒有人想理睬的同學、當老師的「眼線」、告知他們班上發生的大小事……她有時候會覺得很煩，不想做的事情也得做，大家還覺得「理所當然」。

電影《蜘蛛人》裡有一句臺詞「能力越大，責任越大」，她思考後，覺得順序會不會反了？其實是因為被賦予了很重的責任，才不得不讓自己變得強大？

「大家信賴妳，是一件好事。」

爸爸媽媽常常這樣鼓勵她，可是偶爾，李芯玫也想跟其他同學一樣，什麼都不管，只當一個普通的學生。

不知道那是什麼樣的感覺？

＊＊＊

明天是去國立臺灣博物館校外教學的日子。

李芯玫花了幾天時間蒐集資料，調查博物館的歷史和目前的展覽，並且記在她的小筆記本上。

她喜歡事前先做準備，這樣到現場時可以事半功倍，而且她相信社會科張維茵老師一定會交代她做事。

她沒有特別喜歡張老師，在她眼中，老師都差不多，她跟老師們的關係就和她跟同學們的關係一樣，普普通通。

她只希望當天天氣好，不要下雨，因為帶傘或穿雨衣很麻煩。

結果，天氣真的很不錯，豔陽高照，她想，這應該是好預兆吧。

李芯玫實際踏入臺灣博物館內，和從網路或是從書本上看照片的感受截然不同，她可以真正的踩在地板上，觸摸著階梯扶手和窗框，抬頭仰望有彩繪玻璃裝飾的穹頂……這種體驗比起文字敘述給人的印象更深刻。

她拿出小筆記本，已經迫不及待想參觀展覽，這時，社會科張維茵老師說要分組，她不需要找組員，陳美妤和幾個同學已經自動找上她，要跟她同一組。

「芯玫，我們同一組好不好？」

「好啊。」

陳美妤很喜歡找她同一組，她沒有特別喜歡她，也不討厭她，她猜想是因為學習單吧，陳美妤也喜歡「參考」她的學習單答案。

李芯玫覺得這是一件小事，反正她確實需要隸屬某一個小組，跟誰都無所謂，只要不打擾她看展覽就好了。

麻煩的是，周岑凱又沒人要了。

周岑凱在班上是邊緣人，沒人想接近他，沒人想跟他交朋友，她也不明白為什麼，她對他同樣抱持著不喜歡也不討厭的態度，也不想去了解他，只是每次老師都要她特別「照顧他」、「幫忙他」、「要同學們別欺負他」……這就讓她覺得很煩，好像他是她的責任，真奇怪，這明明應該是老師該做的事吧。

難道他不能照顧他自己？他被討厭、被排擠又不是她的錯……

果然，沒人跟他同組，老師就把他推給她同一組……算了，她習慣了，反正就在博物館內活動，總不會出事吧。

李芯玫有一種能力，能在極短的時間內集中注意力，幾乎察覺不到身邊還有其他人，將全副心神投入到某件事物上。

雖然還有其他組員在，她完全依照自己的步調參觀展覽。

之前她已經在小筆記本上做了簡略的大綱，還記下想要看的重點，現在她親自在展間，就是要做更詳細的記錄。

一樓的東展間的主題是「重返霧臺」，關於原住民魯凱族的事物，展品很豐富，她認真寫筆記，拍照；而西展間的主題是「漂鳥集」，則是跟臺灣候鳥有關的展覽，展區內有不少互動的設計，還不錯，她快速寫筆記，拍照。

然後她走到二樓，東展間是臺灣的自然生態展，而西展間則是關於臺灣的人文歷史，她很快瀏覽後寫下重點，拍照，接著就去三樓看展。

三樓的展區有著斜屋頂，好像一個閣樓，同樣分為東展間和西展間，東展間的主題是「臺灣與近代博物學的相遇」，而西展間是發現臺灣，這裡有很多標本和化石。

「芯玫，妳寫好學習單了嗎？」

陳美妤突然靠近她，找她說話，李芯玫這才覺察到時間已經快到一小時，好像來不及去地下室看展……不過，張老師設計的學習單上面沒有地下室展覽相關的題目，應該不重要吧。

「我寫好了，你們呢？」

「有幾題不太會……」陳美妤不好意思地說，「妳的學習單可不可以借我們看一下？」

李芯玫聳聳肩，把寫好的學習單借給他們「參考」，相信他們應該不至於蠢到「照抄」吧。

這時，她發現好像少了一個人。

「周岑凱呢？」

陳美好抬頭看她一眼，不以為意地說：「他剛剛跟我說他要去地下室。」

李芯玫皺起眉頭。「老師說過不可以單獨行動。」

「是喔。」陳美好似乎覺得這種事沒什麼大不了。

李芯玫拿出手機想打電話給周岑凱，突然想起她沒有他的手機號碼，也沒有他的 line……

「你們有沒有周岑凱的手機號碼或是 line？」她詢問組員們，但大家都沒有。

真麻煩。

李芯玫決定自己去地下室找人，其他組員就留在這裡寫學習單，等一下直接去一樓大廳集合，她還提醒他們要準時，不要遲到。

她快步走下樓梯，瞄一眼手機時間，大概只剩十分鐘左右就得集合了，不知道周岑凱是不是還在地下室，或者已經自己去大廳？

地下室布置得和上面幾層樓的風格迥異，很活潑，以「臺灣我的家」為主題，設計很多可以讓遊客親手操作互動的區域，與其說是展覽，更像是要讓親子一起玩遊戲，不過這一區的遊客有點少……

可惜，時間不多了，不然她也滿想玩玩看。

周岑凱果然在地下室，他坐在椅子上，正在看一則跟臺灣原住民相關的影片，看得很投入。

「周岑凱。」

聽到班長的聲音，他嚇一大跳。

「怎麼了？」

「你要下來怎麼沒跟我說？」

「我有跟陳美好說……」他的聲音小小聲，怯怯的態度簡直像是她在欺負他。

「集合的時間快到了。」她提醒他。

「好，等我看完，我就上去。」

李芯玫無可奈何，總不能綁架他吧。

這時，她注意到周岑凱的錢包沒帶在他身上，而是放在椅子上。

「周岑凱，你的錢包要收好，不要弄丟了。」

「我知道。」他敷衍地回答她，但整個人又重新沉浸到影片中，根本沒把她說的話聽進去。

算了，她又不是他媽媽，難不成還要幫他顧錢包？

於是，李芯玫直接上樓，去一樓大廳集合了。

＊＊＊

李芯玫參觀完國立臺灣博物館之後，當天回家就整理筆記和照片，寫好參觀心得。

今天的經歷讓她印象深刻，其實比起博物館的展覽，她覺得自己從張維茵老師身上學到了更重要的事，只是好像不適合寫到心得裡面。

她再次檢查心得，確定沒有錯字，上傳到社會科的作業區。

學生姓名：李芯玫
班　級：五年六班
日　期：一月三十一日
主　題：參觀國立臺灣博物館
心　得：

這次校外教學的地點是「國立臺灣博物館」，成立於西元一九〇八年，建築採用歐洲的新古典主義風格，非常壯觀典雅，內部也很華麗，我第一次走進博物館內，覺得很震驚，也很感動。

一樓東展間的主題是「重返霧臺」，從展覽中，我重新認識臺灣原住民魯凱族，展覽有六個面向，包括：百合花的精神、母親的手、禮尚往來、通天達地的背負者、勇者的姿態、糧食．量時，讓我收穫良多。

一樓西展間則是臺灣候鳥展，展示有幾大主題，包括：細說從頭、踏上旅途、旅途見聞、旅途盡頭和細思慢想，藉著參觀這個展覽讓我省思人類和鳥兒共存的方法。

二樓的展間深入淺出的介紹臺灣的自然和人文歷史，展覽很詳細，讓我重新認識我生長的這塊土地，尤其在二樓西展間，導覽員艾咪介紹的鎮館之寶「一八九五年藍地黃虎旗」最讓我印象深刻。

在參觀博物館之前，我曾經查詢過相關資料，在書本上看到了黃虎旗的圖片，但這天親眼目睹，才體會到這不僅是一幅簡單的旗幟，還承載了歷史的重量，別具意義。

三樓的展間比較狹窄，東展間的主題是「臺灣與近代博物學的相遇」，西展間是「發現臺灣」，這一區展出許多珍貴的標本和礦石。

今天參觀國立臺灣博物館讓我收穫豐富，是個有趣的經歷，可以學到在學校裡接觸不到的事物，期待下次的校外教學。

# 二、

「買五杯飲料，跟買七杯飲料送三杯飲料，哪一種比較划算？」王志龍問自己的朋友郭郁文（其實更像是跟班）。

郭郁文想一下，說：「七杯跟十杯……應該是十杯比較划算吧。」

「不是這樣算啦！」王志龍說：「買五杯飲料送兩杯飲料，也就是要買二點五杯才送一杯飲料，如果買七杯飲料送三杯飲料，是買二點三三杯就送一杯飲料……當然是買七杯比較划算。」

「可是十杯飲料好多喔，」另一名跟班林隆憲說：「阿龍，你家有那麼多人要喝飲料喔？」

王志龍瞪他一眼。「關你屁事。」

兩名跟班霎時閉嘴，不敢多說話了。

王志龍不喜歡別人提他的家庭。

他的數學成績超級爛，可是算這種哪一種折扣比較划算，他就很內行了，他總有一套說詞來解釋他的答案。

這是他跟他媽媽學來的。

他的家境不好，要省錢過日子，從小他媽媽就對他耳提面命，不可以亂花錢，能省則省。

王志龍的媽媽在一間清潔公司工作，每天早出晚歸，他還有一個妹妹在讀幼兒園。

他放學後得先去幼兒園接妹妹，一起去吃晚餐之後，才回家。

等他們回到家，媽媽可能還在工作。

王志龍不知道爸爸現在在哪裡，也不知道他做什麼工作，媽媽說過他是一個建築工人，在工地打零工，常常不回家。

以前王志龍會希望看見爸爸，可後來他希望他最好不要回家。

他爸爸每次回家都喝得醉醺醺，會吵著跟媽媽伸手要錢，要不到錢還會打媽媽，甚至還會動手打他。

他越來越討厭他爸爸。

王志龍希望自己可以快點長大，變得更強壯、更強大，還要賺很多很多錢，才能保護媽媽跟妹妹。

＊＊＊

「阿文，昨天的數學回家作業借我，我還沒寫！」王志龍一踏進學校教室，匆匆忙忙地對郭郁文說。

郭郁文露出為難的表情，小聲說：「阿龍，借你是可以啦，可是你不能像上次那樣寫得跟我的答案一模一樣，連寫錯的地方都一樣，老師會發現你抄我的答案，我們兩個都會被罵……」

「知道啦，我沒那麼笨！」

郭郁文經不起王志龍的「脅迫」，不得不交出寫好的數學作業本，王志龍一拿到作業本，立刻開始照抄，根本把他的話當成耳邊風。

他妹妹昨晚一直吵吵鬧鬧，他好不容易才哄她入睡，接著還要做家事，累得一躺到床上就睡死，早上醒來才想起還有作業。

數學老師最凶了，要是遲交作業，會直接被叫去講台罰站一整堂課，太丟臉了。

王志龍長得又高又壯，班上其他同學都矮他一大截，他很快發現，自己不用真的動手，只要亮出拳頭，講話大聲一點，臉上的表情凶悍一點，同學們就會害怕，因為恐懼，他們會答應他「任何要求」。

這有時候會讓他很得意。

他沒有其他優勢，他家很窮，沒有零用錢，媽媽每天給他的錢只夠他跟妹妹吃一頓晚餐就沒了，不像其他同學，想要的東西只要開口跟爸爸媽媽要——想要新手機就開口要、想要新的電腦或平板就開口要、想要新鞋子新衣服就開口要、想要買新的遊戲或玩具就開口要……這一切，他一樣也沒有，只能用舊的手機、舊的電腦，鞋子要穿壞掉才買新的，他好羨慕同學們。

他不喜歡上學，學校上的課都很無聊，不管是國語課、英語課、數學課……都讓他昏昏欲睡，他也不喜歡美勞課，對音樂課也沒興趣，唯一可以讓他提起精神的就是體育課，他喜歡吊單槓，也喜歡打籃球跟排球，可是，體育課卻三不五時會被其他科目的老師借去上課，真不公平。

不過，他逐漸發現，他可以利用「讓人害怕」來得到他想要的東西，像是他沒

有錢買遊戲點數，那麼，就跟同學借他們的手機來玩想玩的手遊，或者他不會寫的作業，那麼，就跟同學借他們的作業來「參考」，又或者他肚子餓了，「剛好」有同學有多出來的零食或飲料可以分給他……總之，這方法很有用。

其中，班上最怕他的同學是周岑凱。

周岑凱老是畏畏縮縮的，很陰沉，喜歡躲在角落，他的身材矮小，長相秀氣，有時候還會被當成女生，講話很小聲，好像老鼠。

班上沒有人喜歡他，沒有人想跟他做朋友，不過他家好像很有錢，永遠有最新的手機，穿著昂貴的球鞋或皮鞋來上學。

王志龍最不喜歡周岑凱的一點，就是吃中餐的時候，他常常一邊滑手機一邊吃飯，然後只吃一點點，感覺像在嫌棄學校的營養午餐不好吃，這讓王志龍很不高興，因為他還覺得營養午餐的分量太少，不夠他吃呢！

於是，某天中午，王志龍乾脆直接拿走他的菜。

「周岑凱，這顆荷包蛋你不吃的話，給我吧。」

周岑凱好像被他嚇一跳，呆呆地看著他，然後點頭。

「好，給你。」

就這樣，從此王志龍每天中午都會挑走周岑凱的一樣菜，反正他又不吃，丟掉浪費。

除此之外，王志龍偶爾也會跟周岑凱要一點東西，他擁有那麼多，分給他一點也無所謂吧，有人說他欺負他，他不以為然。

明明周岑凱是自願給他的，他可從來沒打過他，哪裡算欺負，他爸爸打他的狠勁，那才叫欺負，有誰幫他？

王志龍完全不覺得自己做錯事。因為他的功課不好，不管他做什麼，老師都不會喜歡他、幫忙他，他知道老師只偏心功課好或家境好的學生。

沒關係，他也不喜歡學校，他只想趕快畢業，離開學校，去外面賺大錢。

原本住在他家隔壁的李大哥去年搬出去了，前幾天他在街上偶遇他，發現李大哥整個人都變了，完全不一樣。

以前，李大哥比他家還窮，常常繳不出房租，可是現在他開著名車，全身穿名牌，戴昂貴的名表，脖子戴一條金鍊子，他說他住在一棟高級的大廈裡，有空可以去找他玩。

「李大哥，你現在做什麼工作？為什麼有那麼多錢呢？」王志龍好羨慕他，真希望可以變得跟他一樣。

李大哥露出神祕的笑容。

「阿龍，不用急，等你國中畢業再來找大哥，大哥會帶你入行，到時候你就可以跟我一樣，賺很多很多錢。」

李大哥給他一張名片，上面寫著某某投顧公司，不知道做什麼呢？

王志龍小心地珍藏著那張名片，這是連他媽媽都不曉得的祕密。

這是他的希望，他憧憬的未來，他相信只要能賺很多錢，就能擁有幸福，也能受人尊敬。

＊＊＊

「阿龍，你今天是不是要去參加校外教學？」

一大早，王志龍正準備要出門，媽媽突然叫住他。

「對，好像要去什麼博物館……」

媽媽突然從皮包裡拿出兩百塊給他。

「這給你，可以跟朋友去吃點東西……」她說，微微笑。

「媽，可是……」王志龍從來沒有拿過額外的零用錢，對他們家來說，每一塊錢都很珍貴，媽媽給他的錢只能拿來跟妹妹一起吃晚餐，或是繳學校的學雜費用。

媽媽將兩百塊塞到他手上，握緊。

「今天我休假，可以帶妹妹，你跟朋友盡量去玩，晚點回家沒關係，難得嘛……」

王志龍看著手上的兩百塊，心裡很感動，胸口湧起滿滿的暖意，暗忖自己絕對不會亂花錢。

他先去學校集合，然後社會科的張維茵老師帶著他們班一起過去國立臺灣博物館。

博物館在一個公園裡面，看起來很大很漂亮，門口還有一個高高的階梯。

張老師交代很多事，他覺得很無聊，那些東西滑一下手機、上網查就有了，結果老師還叫他把手機收起來，他又沒說錯。

王志龍跟著老師和同學一起走進博物館，裡面比他想像中更大更漂亮。

他瞠目結舌，第一次看到這樣明亮華麗的大廳，就連通往二樓的階梯都蓋得「很占空間」，簡直像在炫耀這棟房子有多大。

這個大廳都快比我家還大了，他想，真不懂為什麼擺東西的房子要蓋那麼大，幹嘛不分給窮人住？

導覽員阿姨和藹可親，帶著他們在館內逛一圈，說明得很詳細，可是王志龍對這些絲毫不感興趣，忍不住打哈欠。

他拿出手機想上網，但張老師用眼神警告他，他只好又把手機收回口袋裡。

終於等到分組自由活動時間，他鬆口氣，伸懶腰，想找一張椅子坐下來休息滑手機，但郭郁文提醒他還是逛一下比較好，因為要寫學習單，回家還要寫參觀心得報告。

「張老師很嚴的。」

也是，張維茵老師看起來好像脾氣好，實際上要求很嚴格，對學生的作業向來不馬虎，而且她很敏銳，要是用抄的，她一下子就能看出來，還會要求重寫。

王志龍一點都不想重寫作業，就快速逛逛好了。

他們一組人先去看原住民魯凱族那邊，裡面有很多衣服、器具、首飾之類的東西，王志龍覺得無聊，看沒幾眼就出來了。

接著去隔壁，那裡是臺灣鳥類的展覽，比較好玩，很詳細的介紹鳥類的羽毛、骨頭、種類，還有會飛的恐龍，教他們怎麼賞鳥，最有趣的是一個叫做「成為鳥勇士」的互動遊戲。

在遊戲裡，玩家可以化身為一隻鳥，像鳥兒一樣揮舞雙臂飛翔，想辦法躲避「窗殺」、離岸風機、夜間光害等等陷阱。

他們一組人玩了好幾次，而且還比賽看誰比較快闖關成功，直到有大人過來提醒他們，還有其他人想玩遊戲，他們才離開這裡。

二樓有一區都是跟臺灣的自然環境有關，王志龍看到很多魚類、鳥類、昆蟲……還有介紹的影片，有幾個外國人坐在那裡看，影片好像很長，他們沒耐心從頭開始看，直接去另一邊。

另一邊是介紹臺灣的人文歷史，有一排櫃子裡面都是神明的神像，超酷的。

「我們家也有那個關公像耶！」

「那個觀世音菩薩好像我家的喔！」

「你們看，這裡有布袋戲！」

另一個玻璃櫃子裡則是擺放布袋戲偶，以及很多有趣的公仔，他們興致勃勃地討論著，直到有其他大人過來勸阻他們，要他們小聲交談，不要吵到別人。

三樓有很多標本和化石，郭郁文很喜歡這些東西，不停地拍照，他爸爸好像有收藏標本，王志龍倒是不感興趣，有些昆蟲標本模型還放大倍數，看起來有點噁心。

總算參觀完了，王志龍想直接去一樓大廳集合，其他人阻止他。

「阿龍，你寫完學習單了嗎？」

聽到郭郁文這麼問，他才猛然想起自己一個字都還沒寫呢。

於是他們一組人走到二樓的長廊，坐在長椅子上面，開始討論答案。

王志龍獨自去上廁所，出來時，他聽到一陣急促的腳步聲，一看，竟然是周岑凱匆忙地跑下樓梯，而且有東西從他的口袋掉出來。

他好奇地走過去，撿起那個東西，是個藍色牛仔布製的錢包。

「周岑凱！」他不得不追上去。

周岑凱聽到他的聲音，整個人嚇得不敢動彈，待在原地，恐慌地看著他。

「王志龍……有事嗎？」

幹嘛怕他怕成這樣……王志龍拿出錢包。

「這是你掉的東西？」

周岑凱一看，緊張得猛掏外套口袋，點頭。「對，是我的！」

「拿去啊！」

周岑凱怯怯地接過他的錢包，小聲說：「謝謝。」說完，他轉身拔腿就跑。

王志龍看著他的背影，翻白眼，說謝謝說那麼小聲真沒誠意，真是有夠……要是平常，他可能會忍不住生氣，但是今天媽媽給了他兩百塊零用錢，他心情好，不想為難他了，何況他還要寫學習單呢。

王志龍轉頭上樓，回去找朋友了。

＊＊＊

王志龍一直到上傳作業的時間要截止了，才想起還要寫參觀臺灣博物館心得報告。

他臨時抱佛腳，絞盡腦汁想擠出五百字的心得。

當時參觀博物館看的東西他幾乎都忘光了，只記得那棟房子很大很漂亮。

還有，因為「周岑凱掉錢包」這件事，他對張維茵老師的想法有些改變了，他想，老師也不是全都那麼糟糕，有些老師還是會認真聽學生說話，設身處地為學生著想……不過，這不能寫進參觀心得裡吧。

王志龍總算寫出五百字的心得，趕在截止時刻，上傳到社會科的作業區，他鬆了一大口氣。

學生姓名：王志龍
班　級：五年六班
日　期：一月三十一日
主　題：參觀國立臺灣博物館
心　得：

今天全班要去參觀國立臺灣博物館，好久沒有校外教學，我很興奮，前一晚還差點睡不著。

博物館在一個很大的公園裡，是一棟很大很漂亮的房子，裡面也很大。有一個導覽員阿姨很親切，對我們很好，講很多博物館的小故事給我們聽，還說有問題都可以去問她。

一樓的左邊是魯凱族的展覽，魯凱族是臺灣的原住民，展覽有很多他們的衣服和家具，還有漂亮的項鍊。

另一邊是小鳥的展覽，我看到很多鳥的羽毛跟骨頭，還看到會飛的恐龍，裡面有個遊戲叫成為鳥勇士，很好玩，可以變成一隻鳥，飛來飛去，然後要閃過很多危險的東西，像是透明窗戶或是海邊的風車，我玩了很多次。

二樓有很多臺灣的小鳥、魚跟蝴蝶，有一個櫃子裡面擺了很多神明神像，我認識的一個叔叔家裡也有一個關公神像，還看到布袋戲跟公仔。

三樓有很多標本跟化石，我看到一個大櫃子裡面，有很多放大的昆蟲和蝴蝶標本，有些同學還被嚇到，以為是大蟑螂，我覺得他們很白吃，差那麼多。

郭郁文拍了很多照片，他說他家裡也有很多標本，我最喜歡的標本是一個大貝殼，叫做龍宮翁戎螺，我有拍照留念，因為很大又很漂亮，是粉紅色的，郭郁文說那是五億年前的貝殼，是古生代寒武紀，可能是恐龍那時候的貝殼，真不可思議。

這次的校外教學很好玩，希望下次可以去更多好玩的地方。

## 三、

「佳佳，我們這一組還少一個人，妳要不要加入我們這一組？」

「好。」

彭佳佳覺得自己就是那種哪邊「缺人」就補進去，平常可有可無的存在。

對她的爸爸媽媽來說，也是這樣。

彭佳佳的爸爸媽媽在她五歲的時候離婚，她跟爸爸，小她兩歲的妹妹跟媽媽。

爸爸長年待在越南的工廠當廠長，一年頂多回來兩次，都只待個一星期就「迫不及待」回越南，彭佳佳猜想她爸爸可能在那裡有女朋友或者已經另組家庭，只是沒讓她知道。

彭佳佳一直都跟奶奶同住，偶爾會跟媽媽和妹妹見面，媽媽已經再婚，還生了一個弟弟。

她跟妹妹無話不談，三不五時會視訊講電話，不過自從妹妹上了小學，她們聯絡的次數開始變少了，她有時候會覺得寂寞。

幸好她還有奶奶，奶奶是世界上對她最好、最了解她的人。

她家養了三隻貓，其中一隻是她撿來的虎斑貓，叫「春天」，因為是在春天出生的小貓。

她最喜歡「春天」了，心情不好的時候只要跟貓玩耍，摸摸牠、抱抱牠，心情就會變好。

雖然奶奶跟她的年紀相差六十歲，心境卻像個年輕人，爺爺很久以前就過世了，奶奶早就習慣自己照顧自己，每天都很忙碌，安排滿滿的行程，去當志工、去上課、去參加活動……她活得充實，幾乎沒有閒下來的時刻。

「活著就要動。」

奶奶總是這樣跟彭佳佳說，可能因為如此，奶奶的身體很硬朗，幾乎不生病，比她還健康呢。

彭佳佳喜歡貓，她常常在網路搜尋跟貓相關的網站，參加跟貓有關的社團，看貓咪的影片，追蹤秀貓的網紅直播主……她還告訴奶奶，她將來想當一個養貓職人。

奶奶笑了。

「佳佳，妳知道『職人』的意思嗎？」

「我知道，『職人』是來自日本的詞彙，指的是專注在自己擅長的領域，不斷的精進自己的技術的意思。」

「那只是表面上的意思，更重要的是，想要當某一個領域的『職人』，不是單純喜歡就可以喔，而是當妳遇到阻礙、挫折，就算很辛苦，很累，也要堅持下去，那才是職人精神，妳確定妳能做到？」

彭佳佳沉默了，她其實並不是很理解奶奶的意思。

「沒關係，」奶奶溫柔地摸摸她的頭。「佳佳可以慢慢地想，不管妳想成為什麼，奶奶都會支持妳。」

奶奶就是這樣，從來不會要求她考試考幾分，從來不會逼迫她去補習，從來不會取笑她的夢想……

我希望奶奶長命百歲。

這是彭佳佳十一歲的生日願望。

＊＊＊

彭佳佳喜歡坐在靠窗戶的位子，因為這樣她可以看見窗戶外面的風景。

「彭佳佳，彭佳佳！」

彭佳佳猛的回神，轉頭過來正好和講臺上的數學老師四目相對。

「這一題的答案多少？」

她看著黑板上的方程式，回道：「43。」

數學老師勉為其難的點頭，扶了下鼻梁上的眼鏡，又問她：「妳在看什麼？」

「什麼？」

「外面有什麼好看的？」

彭佳佳想了一下，說：「天氣很好。」

數學老師沒再說什麼，繼續講課，彭佳佳聽到班上傳來竊笑聲。

其實她只說了一半實話，她喜歡窗外的「一切」。

不管晴天或雨天，不管是蔚藍的天空或者下起毛毛細雨，她都喜歡，相較之下，她對窗戶裡面的世界興趣缺缺。

她的課業成績中上，沒有學習困難，也不需要特別去補習，奶奶只要求她要按時上學，不可以翹課，然後準時交作業，認真準備考試，這樣就好了。

「盡力而為，」奶奶這樣對她說：「考試的成績分數只是其次，去上學，有更重要的事要學習。」

「什麼事？」

「妳學到就知道了，不用我告訴妳。」

奶奶幹嘛打啞謎呢……彭佳佳已經讀到五年級，還是不知道在學校裡，除了上課之外，還可以學到什麼？

美勞課、體育課、音樂課……她的表現都普普通通，沒有特別傑出，也不算太差，她也沒有很喜歡的科目或老師，就是一個毫不起眼的學生。

她的人緣也很普通，有幾個走得比較近的朋友，但就只是分組的時候在一組，中午一起吃飯，偶爾放學一起回家，聊聊藝人的八卦，說某某同學的壞話，討厭某某老師，分享在網路上看到的好笑影片……但彭佳佳從未跟他們說過心裡的真心話。

他們只是在學校裡需要的朋友，她的真心話只告訴奶奶、媽媽、妹妹以及家裡的三隻貓。

尤其是她的小貓「春天」，是她最親密的朋友，他們會一起睡覺，她會把每天發生過的好事壞事都告訴牠。

「佳佳，妳可以邀請妳的朋友到家裡玩，奶奶會做好吃的提拉米蘇請他們吃。」

奶奶的廚藝很棒，做的甜點超級好吃，她的交友廣闊，家裡常常會有朋友過來喝下午茶或者一起吃晚餐。

彭佳佳很羨慕奶奶，她並沒有想邀請到家裡玩的朋友，況且，他們也未必想來她家玩……

「奶奶，朋友很重要嗎？」

「重要，」奶奶帶著肯定的口氣對她說：「朋友會幫妳打開完全不一樣的窗戶，帶妳看見嶄新的、截然不同的風景。」

那是什麼意思呢？彭佳佳不明白，但對她而言，交朋友更困難。

她發現自己比較擅長跟陌生人交流，在網路上，她就很活躍，可以暢所欲言，但在現實裡，她跟身邊的同學們都不知道要聊什麼……

可能因為我是一個怪咖，她想，有誰會想了解一個怪咖的想法，在這個世界上，會有人喜歡怪咖嗎？會有人想跟怪咖交朋友嗎？

＊＊＊

今天是社會科校外教學的日子。

彭佳佳第一眼就喜歡上國立臺灣博物館，因為這棟建築物有好多好多扇窗戶，而且是真的可以看見外面的窗戶，不是裝飾用的那種窗戶。

她不喜歡博物館，也不喜歡美術館，不喜歡任何關在房子裡、鎖在櫃子裡的東西。

她不懂那些東西有什麼好看？

明明外面有鳥兒在飛翔，卻要去看放在玻璃櫃裡的鳥標本，好奇怪。

導覽員艾咪帶著全班在博物館內走一圈，彭佳佳越來越喜歡這裡，因為從長廊的窗戶可以看見外面的公園，那裡還有一長排的椅子可以坐下來，她可以坐著好好欣賞窗外的風景，太棒了，這樣就不會無聊了。

「佳佳，妳跟我們一組吧。」

「好啊。」

張維茵老師要他們分組自由活動，有個同學邀她同組，她點頭答應。

彭佳佳跟著同組同學在博物館內繞來繞去，然後隨便找個藉口溜了，她根本不想浪費時間看那些櫃子裡的東西，毫無興趣。

一樓的東展間有個東長廊，而西展間有個西長廊，坐在長廊的長椅子上，往窗戶外面眺望，可以看見公園裡的遊客來來去去，遠一點的地方有幾座涼亭，還可以聽見鳥鳴聲，不絕於耳。

她坐在這裡曬太陽，覺得好舒服。

天氣真好，她想在公園裡散步。

二樓的正面也有大窗戶可以看到公園的門口，街道上車水馬龍，導覽員艾咪說過對街那棟樓就是古生物館，也屬於臺灣博物館的一部分。

她喜歡看著外邊的風景，去想像，建築物裡的人們在做什麼、公車上的乘客要去什麼地方、在街上行走的人們準備去哪裡、那一家人看起來好快樂，他們在聊些什麼、那一對情侶好像在吵架，他們在吵什麼……想像這些事會讓她感到有趣，比盯著櫃子裡的昆蟲標本好玩多了。

學習單上的題目她就隨便寫一寫，反正老師只要收到學生交的作業，打打分數交差了事，真的在乎學生學到什麼嗎？

她不以為然。

學校就是應付老師的地方。

她走到三樓，晃一圈，她不喜歡這裡，沒窗戶，於是她走到地下室，這裡有對外窗，可以看到公園，還有桌椅可以坐下來休息。

她坐下來，寫好學習單，然後看著窗外發呆。

這裡都沒有看到同學下來，真不錯。

她突然聽到一陣急促的腳步

聲，是周岑凱，他興奮地下來地下室，開始參觀這一層。

彭佳佳對周岑凱有一種複雜的感覺，她偶爾會想，如果班上沒有他，那麼就會是她被同學們排擠。

她不理解班上同學為何會討厭他，其實他也沒做錯任何事，感覺就像在玩大風吹的遊戲，總會有一個倒楣鬼沒有椅子坐。

而他就是那個不幸的倒楣鬼。

彭佳佳很好奇他獨自下來地下室的目的，偷偷觀察他。

周岑凱獨自在地下室到處晃，這裡設計很多可以跟遊客互動的裝置，滿好玩的，不過因為學習單上這個地方沒有列出題目，幾乎沒有同學下來這裡玩。

周岑凱什麼都要碰一下、轉一下、按一下、試著玩玩看，簡直就像個好奇寶寶，彭佳佳這時才發現原來這個同學也有如此活潑的一面。

他的手上一直緊握著「某個東西」，不知道是什麼，後來他走到一個影片裝置前面，旁邊有個按鈕，按下去就會放映一個原住民的故事劇場，用紙板做的，很有趣。

周岑凱按下按鈕，坐到椅子上，興致勃勃地觀看影片，他這才鬆開「那個東西」，放到旁邊，她仔細一看，原來是個藍色的錢包。

「周岑凱。」

不知何時，班長李芯玫也來到地下室，彭佳佳完全沒注意到，她直接走向他，質問他怎麼一個人過來，同一組的人要一起活動才行……

班長真的很認真，彭佳佳心想，全班只有她會把老師的話奉為圭臬，徹底執行吧，其他組的人根本就各看各的，沒幾個把老師的交代放心上。

聽她提起集合時間，彭佳佳看了下手機，確實一個小時快過去，終於要下課，可以離開博物館了。

她抱持著輕鬆的心情，走上樓梯去大廳集合。

＊＊＊

彭佳佳當時坐在國立臺灣博物館的一樓長廊長椅子上，邊曬太陽，腦袋裡已經在構思著要怎麼寫參觀心得。

她先把一些想法記錄在手機裡，回家後，立刻寫出一篇心得上傳到社會科的作業區。

其實，今天參觀博物館，發生了一件意料之外的事情。

張維茵老師說的一些話，讓她思考以前從未想過的事，如同奶奶曾經對她說的，好像為她開啟一扇窗戶，看見嶄新的、截然不同的風景。

學生姓名：彭佳佳
班　級：五年六班
日　期：一月三十一日
主　題：參觀國立臺灣博物館
心　得：

我喜歡國立臺灣博物館，它位在一座很大的公園裡。

我也喜歡公園，公園裡有許多植物，尤其是樹木，公園總會種很多樹木，各種種類的樹木。

我奶奶說樹木很好，會分泌芬多精，是一種天然的療癒紓壓劑，常常聞，身體會變得很健康。

博物館裡面有很多扇窗戶，一樓、二樓和地下室都有，就連樓梯的轉角處也有安裝窗戶，往外看，可以看見各種角度的公園，風景好美。

遊客逛累了，可以在長廊坐下來休息，我覺得這是很棒的設計，奶奶說我們不能只顧著吸收，也要學會沉澱。

沉澱是什麼意思呢？我問奶奶。

她說，就是去思考、去反芻自己吸收的事物。

我坐在長廊的椅子上，思考我在博物館裡看到了什麼、遇見什麼人、發生什麼事……博物館很大，展覽品很多，那一件一件被放在櫃子裡展示的標本要教會我什麼呢？

我還是比較喜歡公園。

於是我想像著，這棟房子不見了，所有的展覽品都散落在公園各處，遊客就像在玩尋寶遊戲一樣，在某個角落遇見某個東西，這樣好像比較有趣。

另外，我在二樓的走廊看到一個水族箱，裡面養著一種叫「毬藻」的植物，旁邊有個說明板，介紹這種植物最早是由日本植物學家川上瀧彌，於一八九七年在北海道阿寒湖的尻駒別灣發現的一種球狀綠藻，別名「湖中寶石」。

我確認了好幾次，那是活的。

那是我在博物館裡最喜歡的東西。

## 四、

陳美妤每天提早半小時起床弄頭髮，在鏡子前把她的長髮梳得又直又亮，接著挑兩條髮帶，綁成雙馬尾，才出門上學。

她從很小的時候就知道自己長得很漂亮，她是個混血兒，有雙大眼睛，挺直的鼻梁，紅潤的嘴唇以及白皙的肌膚，四肢纖細修長，像一個洋娃娃，這是她最常聽見的稱讚。

但是，陳美好不知道自己的爸爸是誰。

她媽媽從不主動提起她爸爸的事情，如果她問起，她媽媽總說她爸爸住在很遠的地方。

「他住在哪裡？」

「應該是巴黎吧。」

「他叫什麼名字呢？」

「好像是路易。」

「我什麼時候可以見到他？」

「等妳再大一點。」

媽媽總是這樣敷衍她，逐漸地，陳美好不再關心她爸爸是誰，因為她身邊還有蜜雅阿姨。

蜜雅阿姨是她媽媽的伴侶，和她們母女同住，就像她們的家人一樣，前幾年，某天她們告訴她，她們去登記結婚了。

陳美好不太理解這是什麼意思。

「爸爸怎麼辦？」

「不怎麼辦，爸爸還是爸爸，一切就跟以前一樣。」

好吧，既然媽媽這樣說，爸爸還是爸爸，蜜雅阿姨還是蜜雅阿姨，陳美好就這麼接受了。

其實有沒有爸爸或者有沒有媽媽這種事也不太重要，她班上有一半同學的爸爸媽媽離婚了，或者一開始就是單親、長期分居、常常出差之類的，有的甚至爸爸媽媽都不在身邊，像是彭佳佳，她只有奶奶陪著她，王志龍就更慘了，他爸爸會賭博還會家暴。

相較之下，陳美好覺得自己很幸運，她有兩個媽媽，而且她們都很疼愛她。

陳美好的媽媽在銀行工作，而蜜雅阿姨在高中當音樂老師，很會彈鋼琴，家裡的客廳還有一臺昂貴的鋼琴，她們總是穿著漂亮的衣服和鞋子，打扮得美美的才出門。

她偶爾會趁著她們不在家的時候，偷偷去她們的臥房，房間裡有兩個梳妝臺，擺著亮晶晶的瓶瓶罐罐，有各種保養品和化妝品。

她最喜歡五顏六色的眼影盤，像糖果般的指甲油，以及各種色號的唇膏。

她模仿媽媽和蜜雅阿姨，用那些東西在臉上塗塗抹抹，可是一點都不好看。

要怎麼化妝才能像她們一樣自然、吸引人呢？

陳美好無聊的時候就在網路上搜尋美容直播主，跟他們學習怎麼化妝、怎麼穿搭衣服和鞋子、怎麼保養皮膚、怎麼梳理頭髮……每次一看就看好久，差點忘記要寫回家作業。

媽媽抓到她偷用保養品和化妝品後，生氣地責備她，說她年紀太小，應該把心思放在讀書上。

「我不喜歡讀書。」陳美好坦白地

說。

「那妳喜歡什麼？」

「我要當網紅。」每天只要打扮得很漂亮，就會有很多網友按讚，誇獎她，還可以賺錢，陳美好超級羨慕的。

「天真。」媽媽總是這樣吐槽她，而蜜雅阿姨只是笑笑不說話。

她十一歲生日的時候，蜜雅阿姨送她一支名牌唇膏當作禮物，是珊瑚紅色的。

「謝謝蜜雅。」陳美好開心地收下禮物，這是專屬於她的唇膏，是她的第一個化妝品。

「上學的時候不能用，跟朋友出去玩才可以擦喔。」蜜雅阿姨提醒她。

「我知道。」

「她還那麼小……幹嘛送那個？」媽媽不以為然。

「不小了，越來越愛漂亮了……」蜜雅阿姨笑笑說：「小好，如果有喜歡的男生，要跟蜜雅說喔。」

「我才沒有喜歡的男生。」

陳美好小心翼翼地用著這支唇膏，每次都只擦一點點，像是萬聖節派對，媽媽把她打扮成動畫《冰雪奇緣》裡的Elsa，她就擦了口紅，大家都誇獎她就像童話裡的公主一樣美麗，可惜她沒有妹妹，不然就可以打扮成Anna了。

蜜雅阿姨很會彈鋼琴，也教她彈鋼琴，雖然蜜雅阿姨平時很溫柔，但教鋼琴的時候很嚴肅，總是繃著臉，要求嚴格，還會規定每天的練習時間，不可以偷懶，跟她撒嬌也沒用。

媽媽就不會強迫她讀書或補習，這是陳美好唯一不喜歡蜜雅阿姨的地方。

＊＊＊

陳美好是班上長得最好看的女生，不過，她不確定自己是不是最受歡迎的女生。

大部分同學都想跟她當朋友，只有幾個例外，但陳美好不在乎，那些人都是「魯蛇」，像是彭佳佳，她又矮又胖，成績普通，而且老是在發呆，做白日夢，或是周岑凱，他陰沉又孤僻，講話吞吞吐吐的，簡直像水溝裡的老鼠，看了就噁心，誰想靠近他？

唯一讓她在意的人只有班長李芯玫。

陳美妤確定李芯玫長得沒有她好看，頂多就是清秀，而且從來不費心打扮，頭髮剪得很短，戴一副眼鏡，連護唇膏都不擦。

但很奇怪，所有人都覺得李芯玫比她「優秀」，每次班上要推選班長或模範生，一定都想到李芯玫，沒有人想到她。

是因為李芯玫的學業成績比較好的關係嗎？

她是很會讀書，可是她又不會彈鋼琴，難道會彈鋼琴不算優秀嗎？

還是因為她比較會討好老師？

其實陳美妤也不是想當班長或模範生，只是不懂自己哪一點比李芯玫差？她不過就是一個只會讀書的書呆子。

每次分組，陳美妤都搶著要跟她同一組。

陳美妤從來不缺朋友，不管是現實或網路上，大家都會被她的外表吸引，想接近她，想當她的朋友，可是這樣不夠。

她想弄清楚，為什麼李芯玫可以比她更受歡迎？聰明比漂亮更有用嗎？

＊＊＊

「蜜雅，今天我要去校外教學，可以擦口紅嗎？」

「去哪裡？」

「國立臺灣博物館。」

「在二二八和平紀念公園裡面那一間？」

「對。」

蜜雅阿姨想了想，笑說：「好，在學校外面應該OK，而且那間博物館很漂亮，妳可以拍很多照片。」

「這是校外教學，要去學東西的。」媽媽不以為然。

「學習也可以玩啊。」蜜雅阿姨又說：「小妤，回家以後，告訴我們好不好玩。」

「博物館一定很無聊啦。」陳美妤一邊照鏡子，無精打采地說。

「那妳想去哪裡校外教學？」媽媽吐槽她。

陳美妤仔細想了想，發現只要聯想到校外教學，就算去她喜歡的地方，瞬間也變得無趣了。

社會科的張維茵老師身材瘦小，陳美妤懷疑她可能不到一百五十公分，頭髮簡單綁成一束馬尾，每次看到她都穿著襯衫加牛仔褲加球鞋，秋冬就加上外套或羽絨衣，而且她從來不化妝。

其他老師多多少少會打扮一下外表，陳美妤覺得張老師也太邋遢了，根本是太懶惰。

媽媽說過，天下沒有醜女人，只有懶女人，張老師應該就屬於懶女人那一類的吧。

不過，她的脾氣不壞，不會亂罵人、亂扣分，也不會出很多回家作業，陳美好不討厭她。

正如蜜雅阿姨所說的，國立臺灣博物館很漂亮，很像童話裡的宮殿，屋裡也一樣壯觀華麗，感覺自己也變成公主了，好棒，她想等一下可以拍很多照片。

分組的時候，陳美好立刻找上班長李芯玫，她答應跟她同一組，不過，後來連周岑凱也跟他們一組，她覺得很不舒服。

幸好周岑凱還算識相，不敢靠他們太近，保持一段距離跟著。

展覽一如她預期，很無聊。

一樓的原住民展覽還不錯，陳美好喜歡那些琉璃珠裝飾物，像是頸飾、耳飾、肩飾等等，她仔細查看衣服的樣式以及上面精緻的刺繡，看得很入迷，要不是朋友催她，她還捨不得離開。

另一邊是鳥類的展覽，她看一下就離開了，沒興趣。

二樓也沒有什麼好看的，不過李芯玫看得很認真，還不時寫筆記，陳美好挺佩服她這一點，寫字可以寫得又快又工整，不像她，寫得快一點就變成鬼畫符。

她跟朋友們一起聊天、拍照、拍短影片，還挺開心的，本來想上傳到網路，朋友趕緊阻止她。

「不要啦，被張老師發現我們都在玩就麻煩了，說不定會被扣分。」

也對，陳美妤想想，還是不要冒險，她只把照片傳給媽媽和蜜雅阿姨，他們都誇獎她好漂亮、像公主，還要她好好玩。

三樓也一樣很無趣，都是石頭跟標本，更噁心的是，還把昆蟲標本放大倍數，真嚇人。

「好可怕，那是蟑螂嗎？」

「不是啦，是叫臺灣螻蛄。」

「那麼大隻，好像可以把我吃掉了！」

陳美妤跟朋友們邊看標本邊聊天，在這一區，他們都不想拍照。

這時，陳美妤注意到周岑凱坐在一張椅子上，打開錢包，不知道在翻找什麼？

「周岑凱，你在幹嘛？」

周岑凱好像被她嚇一跳，反射性地把雙手擱在背後，簡直「此地無銀三百兩」。

「沒什麼……」

幹嘛反應那麼大，她又不會搶他的東西……陳美妤也只是隨口問問，不過，周岑凱吞吞吐吐地對她說：「陳美妤，妳可不可以跟班長說一聲，我想去地下室。」

「你要一個人下去地下室？」

「嗯。」

「幹嘛去那裡？老師給我們的學習單又沒有要我們去地下室……」

「我想去看看……」

果然是怪咖……陳美妤一答應幫他傳話，他立刻迫不及待離開三樓，不知道在急什麼？

「美好，妳寫好學習單了嗎？」朋友問她。

「還沒。」

「妳去問一下李芯玫，看她寫好了沒？」

陳美好不得不承認，她想跟李芯玫同一組，是有點抱持著這個「企圖」，畢竟她是班上成績最好的學生。

這時，她好像可以理解，聰明的人受歡迎的理由……

＊＊＊

陳美好差點忘記要寫參觀心得，還是朋友提醒她，她才趕緊上網查資料，東拼西湊的，拼貼出五百字的心得報告。

寫完之後，她也沒檢查一遍，直接就上傳到社會科的作業區。

隨便應付一下就好了，她不相信老師會多認真看學生寫的心得。

陳美妤的手機裡存了當時的一堆照片和影片，只是對於寫心得沒啥幫助，其實，她除了記得那棟房子很漂亮之外，裡面展覽的文物她幾乎都忘光了，沒留下什麼印象。

她印象最深的是周岑凱竟然弄丟錢包，真是麻煩，難怪沒人想跟他做朋友，幸好最後找到了。

學生姓名：陳美妤

班　級：五年六班

日　期：一月三十一日

主　題：參觀國立臺灣博物館

心　得：

今天，我很期待參觀國立臺灣博物館。

我很喜歡校外教學，因為可以去學校以外的地方學習新東西。國立臺灣博物館蓋得很漂亮，好像童話裡的宮殿，博物館裡面也很漂亮，寬大的樓梯感覺好像可以在那裡跳舞。

我拍了很多照片，媽媽說我看起來很漂亮，如果可以在那裡擺一臺鋼琴，我就可以在那裡彈鋼琴了，好像在拍電影。

國立臺灣博物館包括本館、古生物館、南門館以及鐵道部園區，具有推廣臺灣自然與人文知識的使命，這次我們班去參觀的是本館，在二二八和平紀念公園裡面。

參觀這一天，一樓的東展間正在展出「重返霧臺——臺博與當代魯凱的對話」，共展出一百五十件魯凱族的文物，包括男性武器、女性織品織物、雕刻柱簷、藤編容器、儀式禮器等等。

我印象最深刻的，是魯凱族的衣服樣式和佩戴的飾品，裝飾著美麗的玻璃珠和刺繡。

一樓西展間正在展出「漂鳥集——臺灣候鳥展」，由於臺灣的特殊地理位置，使得臺灣成為候鳥遷徙的目的地或是中途站，這個展覽詳細的介紹鳥類、候鳥遷徙的路線以及遷徙途中可能遇到的危機。

看完這個展覽，我的心得是，身為人類，應該要創造出一個人類和鳥類共存的環境。

博物館內還有許多珍藏的標本，像是臺灣寬尾鳳蝶、龍宮翁戎螺、櫻花鉤吻鮭等等，讓我大開眼界。

我很喜歡這次的校外教學，希望下次可以去參觀其他博物館，增廣見聞。

# 五、

鄭進宏的好奇心旺盛，對任何事物都想一探究竟。

他喜歡問「為什麼」，身邊的大人剛開始會耐心應對，盡可能地回答他，可最後被他問煩了，乾脆隨便塞一臺平板給他，讓他自己去查。

因此，鄭進宏從很小的時候就會使用平板，網路是他的知識啟蒙老師，那是一個資訊量爆炸的虛擬世界，他的「為什麼」幾乎都可以找到答案。

可是，那仍不足以滿足他。

鄭進宏的爸爸在一間連鎖家具店當店經理，他媽媽是一名英文翻譯，他爸爸總是早出晚歸，而他媽媽只要一專心工作，就窩在工作室裡，幾乎不理人。

他從爸爸媽媽身上學到最重要的一件事，就是生活規律，只要生活規律，就能保持身體健康，而保持身體健康，才能工作順利，所以，規律是人生成功的基石，是根本。

「只要維持每天做一點點，一點點就夠了，每天持續著，就能積少成多，積沙成塔，最後就能完成目標。」爸爸這樣對他說。

於是，鄭進宏養成凡事按部就班的習慣，別人覺得他做事都不疾不徐，游刃有餘，其實他只是每天都做一點，就這樣自然而然做完了。

他從來沒有「臨時抱佛腳」的經驗，他曾經以為大家都這樣做，後來才發現，原來他是被訓練出來的。

然而，即便上了小學，鄭進宏的求知欲也從來沒有被滿足過。學校可以系統性地傳授知識，但還是沒有辦法解決他滿腦子的「為什麼」。

「為什麼一定要去學校上學呢？」他問爸爸媽媽。

「你不喜歡上學嗎？」爸爸反問他。

鄭進宏想了想，說：「我喜歡。」

「既然喜歡就好了，為什麼還要問這個問題？」媽媽不解地問他。

對於這個「為什麼」，鄭進宏也思考過。去學校如果是為了學習知識，那麼他在家裡也可以學習，為什麼又要特地去學校呢？

「學校就像是一個小社會，你會接觸到更多不一樣的人，像是老師，像是你的同學，不只是要學習課業，也要學習群體生活，因為人類是群體動物，不能獨活。」爸爸回答他。

「真的嗎？」鄭進宏質疑，可是他在網路上認識很多大人，他們都說自己是宅男宅女，自己一個人生活，那又怎麼回事？

「就算是獨居，也是在社會裡獨居，又不是去荒郊野外，還是會接觸到人，還是會享受社會群體給的便利。」爸爸回道。

「社會群體的便利？」

媽媽笑了。「阿宏，你能用網路，就是社會群體提供的便利，你以為是小精靈幫你架好網路的嗎？」

「對啊，叫外送也要有人跑外送，寄包裹也要有人送包裹，搭捷運也要先有人蓋好捷運，社會的運作就是靠著大家一起努力貢獻自己的能力建立起來的，阿宏也可以想想，自己以後可以為社會貢獻什麼？」爸爸說。

「也就是說，我去學校上學，就是為了找出我將來可以為社會貢獻什麼嗎？」

「還不用想那麼遠，」媽媽笑著又說：「你可以先想想自己在班上擔任什麼角色？你可以貢獻什麼能力呢？」

這一點，鄭進宏倒是沒想過。

＊＊＊

鄭進宏喜歡上學。

他在學校的人緣很好，交到很多朋友，他們不只在學校裡一起行動，放學後也常常聚在一起。

他們會一起去補習，不用補習的時候就去便利商店一起吃晚餐，吃飽後一起寫作業，寫完作業一起連線打電動，直到某人的爸爸媽媽打電話來催了，他們才解散，各自回家。

放假的時候，鄭進宏也喜歡跟朋友出去玩，有時候他們會一起騎腳踏車，有時候去公園打籃球，有時候去商場的遊戲館玩大型遊戲機，他喜歡玩賽車、騎摩托車、玩射擊遊戲，玩膩了再去速食店吃午餐。

偶爾他會去朋友家玩，朋友的家人大多很歡迎他，他們都覺得他的功課好，有禮貌，是個好學生、好孩子。

鄭進宏發現，他跟朋友在一起的時候，很少問「為什麼」，相反的，他變成像是解答別人的「為什麼」的角色，這樣的改變讓他覺得很有趣。

雖然他喜歡跟朋友在一起，不過，偶爾他會感到煩躁。

為什麼你連這麼簡單的題目都不會？

明明之前已經教過了，你為什麼還不懂？

為什麼總是問我，不問別人？

諸如此類的疑惑讓他困擾，而且不只朋友們理所當然地認為他該幫忙，就連老師對他也是一樣的態度，理所當然地認為他該協助同學。

鄭進宏和班長李芯玟不同，李芯玟只做老師交代的事，除此之外，與她無關。

他很熱心，又有能力，人緣好，於是大家對他的期待又更多一點。

他不確定自己是不是想符合這樣的期待。

他不討厭幫忙同學，其實他還滿喜歡幫助人，只是有時候他會懷疑，別人喜歡接近他，想當他的朋友，是因為想利用他嗎？

這會讓他很不舒服。

***

今天要去國立臺灣博物館校外教學，鄭進宏一大早就先去學校集合，再由社會科張維茵老師帶隊，搭乘臺北捷運抵達臺大醫院站，接著穿越二二八和平紀念公園，來到博物館的大門口。

鄭進宏的爸爸媽媽在他們休假的時候會帶他環島旅行，也曾經帶他出國玩，一起去過日本、泰國和韓國，不過他們只去著名的旅遊景點拍照打卡，從來沒去過博物館。

「博物館和圖書館有什麼不同？」昨晚，鄭進宏這麼問爸爸。

「最簡單的差別就是，圖書館主要是放書的，而博物館的館藏是千奇百怪。」

「千奇百怪？」

「對，博物館的種類非常多，你能想像得到的，都可能變成博物館。」

「什麼意思？」

「舉例來說，臺灣有個香腸博物館，而日本有個泡麵博物館，在裡面還可以做泡麵、吃泡麵，你這次要去的臺灣博物館是典藏臺灣自然跟人文文物的地方，不過文物的種類很多樣，不同的博物館放的文物差別也很大，像是故宮博物院跟國立臺灣博物館，這兩個館內放的東西就完全不一樣，就算是都屬於臺灣博物館底下同一系統的博物館，像是本館跟鐵道部園區，這兩個地方展示的文物也是差很多。」

鄭進宏越聽越迷糊。「為什麼要有這麼多博物館？都是博物館，到底有什麼不同？」

爸爸笑道：「這個不同，就是博物館存在的意義，要你親自踏進去看，才能體會。」

於是，鄭進宏抱持著一顆探索的心來參觀博物館。

導覽員艾咪阿姨先帶著他們全班在館內逛一圈，簡單介紹整棟建築物和展覽，之後，張維茵老師就讓他們分組自由活動。

鄭進宏和朋友們討論後，決定按照老師發給的學習單來參觀。

他看著手上的「正國國小五年六班參觀國立臺灣博物館學習單」，總共有三張，每一張的正面和反面都各有兩題，也就是有十二題要寫，還滿多的，他想。

第一張是依據一樓展間出題。

第一題：在「糧食．量時」這個單元，介紹魯凱族人因生活所需的耕作、盛食和食品加工器具，請舉出一樣收納糧食的器具，並加以說明。

鄭進宏和朋友們在一樓東展間內搜尋答案。

他凝望著這個展示魯凱族物件的空間，仔細查看牆壁上的文字說明，按照指示一一查看每樣物品，心裡深處某部分被觸動了。

在這裡擺放的每樣東西，似乎都藏了一段故事，讓他想更深入了解，可惜他只有一小時，只能走馬看花的晃過，找尋學習單上的答案。

他很快就找到第一題的答案，迅速寫下：

藤筐（cepenge），是方底圓口的淺籃……

接著是第二題。

第二題：魯凱族的社會重視衣服的製作樣式和穿著禮儀，請從展品中，舉例說明。

他也很快在展間找到答案，寫下：

雲肩（tukutuku），女性盛裝時，披搭在肩部的服飾，常見於少女或年輕婦女……

這時，他聽到有一名志工阿姨和一對參觀的遊客閒聊，他們看起來像母子，原來正是魯凱族人，特地過來博物館看展覽，對於這些展示的物件侃侃而談，並講解文物對他們族人的意義。

鄭進宏不知不覺認真聽了起來，要不是時間不夠，還想繼續待在這裡。

他可以感受到那兩位魯凱族人對於這個展覽，有一股榮耀感，彷彿祖先為他們留下了很重要、很珍貴的東西，而這些東西終於有機會被眾人看見，進一步了解他們的生活，鄭進宏也有同感，如果不是因為來博物館看這個展覽，他也不會想要更深入地了解魯凱族。

展覽很用心，文字解說除了中文，還附有魯凱族語以及英文，另外也有幾部採訪魯凱族人的紀錄影片，以及詳細描述整個策展的過程。

鄭進宏越來越渴望能留下來多看一點，但他只有一小時，學習單上還有十題要寫呢。

朋友們催著他往另一邊的展間移動，那裡展出的是臺灣候鳥，感覺比較貼近他們的生活。

鄭進宏看一下學習單的題目。

第三題：鳥類羽毛的成色原理是什麼？為什麼有不同顏色？

他們一下子就找到答案——原因是色素色，鳥類的羽毛是靠著色素來成色……

接下來是第四題，張老師列出臺灣常見的候鳥的圖片，要他們填上鳥的名字。

鄭進宏和朋友們開始討論答案。

「這隻像是綠頭鴨……」

「應該是黑面琵鷺啦！」

「我知道了，這隻是花嘴鴨！」

他們寫好答案之後，開始玩遊戲。

這一個展間有不少互動區，像是聽聲音辨識有幾種鳥類，可以變成鳥的遊戲，還有教他們怎麼賞鳥……大家都覺得這邊比剛才那裡好玩多了。

到了二樓，他們一樣按照學習單的題目順序看展。

鄭進宏看著學習單上的第五題。

第五題：西元一九二三年四月十六日，日本裕仁皇太子臺灣行啟，共逗留十二日，所留下的「行啟紀念物」是一套銀製的餐具組，當時是在總督官邸用午餐，最愛的是哪一道餐點？

他很快找到答案，是八寶飯。

凱族雲肩
——TUKUTUKU
飯
校外參觀學習單
班級：5年6
姓名：

然後是第六題。

第六題：館內有一幅「林天木臺灣巡行圖」，請問林天木是何人？這一幅又是誰畫的圖？

「答案在這裡！」有個朋友指著一幅櫃子裡的畫說，他們立刻圍在那裏寫答案——清朝康熙年間，設置了巡臺御史，負責監管臺灣政務，林天木就是巡臺御史，而這幅圖描繪他在雍正十二年巡視臺灣，繪圖的人是日本人片瀨弘，於一九二四年在廣東摹繪的。

接著，他們去另一區，那邊展出的都是臺灣的自然景物，他們一看到恐龍骨骼，立刻大聲驚呼，議論紛紛。

不過，他們很快就拿出學習單找答案。

第七題：臺灣是蕨類王國，分類超過八百種，請對照圖案填上正確答案。

鄭進宏找到蕨類的單元後，開始對照圖片和朋友們討論答案。

「這像是木賊……這個應該是臺灣水龍骨……」

「我覺得這個是燕尾蕨！」

他們很快寫好第七題，可是第八題他們花了一點時間才找到答案。

第八題：從鳥雀毒餌到老鷹紅豆，讓你聯想到什麼？請自由發揮。

「這是什麼意思？」

「我看不懂題目。」

大家一頭霧水，後來他們乾脆「作弊」，偷偷上網查，才知道題目的意思。

原來是指農夫放置在紅豆田的毒餌是為了除去鳥雀，讓牠們不要吃紅豆，但是老鷹會去吃田中死去的鳥雀屍體，因此也跟著中毒，所以毒餌不只影響到鳥雀的存活，也會影響到老鷹的生存，這是生態系的連鎖反應，人類必須學習要如何和大自然共存。

鄭進宏後來在展間的一隅找到了答案，只是大家都寫好了，也沒差了。

三樓有著斜斜的屋頂，空間比較狹窄，鄭進宏看到很多標本，他跟朋友開始找題目的答案。

第九題：在標本的世界裡，一種標本代表一種物種真實存在的證據，標本則分為非生物標本以及生物標本，就生物標本而言，主要有幾種類型？

「阿宏，我找到了第九題的答案。」

他們走到一個展示標本的區域，開始寫第九題的答案——骨骼標本、永生標本、玻片標本、昆蟲針插標本、動物剝製標本、臘葉標本以及浸液標本。

接著寫第十題。

第十題：下列五位名人，請簡單寫下其成就。

森丑之助

素木得一

岡本要八郎

堀川安市

尾琦秀真

三樓可以看到很多研究博物學的學者，鄭進宏詳細的看著這些學者的成就事蹟，內心油然而生崇拜敬佩之情，他覺得他們好了不起，這裡看到的許多文物都是他們奉獻一生的成果。

他一一寫下這些學者的成就。

森丑之助是臺灣史前文化考古調查的先驅，許多泰雅、布農、鄒、阿美族分布區域內的考古遺址都是由他和鳥居龍藏共同發現的……

寫完之後，他繼續寫第十一題。

第十一題：在臺灣，屬於保育類的野生動物，請舉出至少三例。

鄭進宏很快寫下答案——石虎、臺灣藍鵲、櫻花鉤吻鮭。

接著就是最後一題。

第十二題：臺灣原住民的分類，在一八九九年，日本人類學家伊能嘉矩提出八族的概念，請問是哪八族？

這一題就算沒來博物館他也知道答案，就是泰雅族、阿美族、布農族、鄒族、賽夏族、排灣族、卑南族，以及平埔族，然後從平埔族裡面可以再細分出十個族。

「耶！寫完了！」

朋友們寫完學習單都很開心，坐在椅子上嘻笑，鄭進宏卻覺得有些空虛，好像本末倒置了，他已經搞不懂自己到底是來參觀博物館還是來寫學習單呢？寫學習單是為了跟老師交代或者自己真的學到東西了呢？

「回家還要寫心得，好煩喔……」

「一點都不好玩！」

朋友們開始抱怨還有其他作業要完成，鄭進宏的心思卻已經飄到別的地方，他其實還想再多看一點，總感到漏掉很多東西，可是時間不夠……

博物館裡的東西太豐富了，光是這一層樓，值得靜下心來細細研究的地方就很多很多，絕對不是四個題目可以概括的。

有一句話叫「站在巨人的肩膀上」，就是他此刻的心情，放眼望去，每一個化石，每一份標本，每一段文字影像紀錄，是前人的累積，是歷史的痕跡，是人類智慧的展現，他很感動，一小時根本不夠。

「阿宏，我們去一樓集合吧。」有個朋友說。

「還有一點時間，我想去地下室。」鄭進宏卻這麼說。

「為什麼？老師又沒有要我們去那裡……」

「反正都來了……你們先去集合啦。」

「好吧，你要快一點。」

於是，鄭進宏獨自一人走到地下室，那裡人煙稀少，幾乎沒有參觀的遊客，也沒有看到同班同學。

地下室比較像是提供一個可以跟遊客互動的遊戲場域，就是可以一邊玩一邊學，他看到有一位媽媽帶著一個比他年紀小的孩子一起玩「昆蟲捉迷藏」的遊戲，覺得很溫馨。

也許等他的爸爸媽媽下次放假的時候，全家人可以一起過來參觀博物館，他已經開始期待了。

鄭進宏正準備上樓時，竟看到了周岑凱。

周岑凱似乎在操作某種遊戲裝置，聚精會神，完全沒察覺到鄭進宏來到他身邊。

難得在這邊看到同學，鄭進宏出聲和他打招呼。

「周岑凱，你在玩什麼？」

周岑凱被他嚇一跳，立刻停下手邊的動作。

鄭進宏看一下，這是一個「手翻書裝置森林」遊戲，用轉動的方式來創作連續的動畫。

「鄭進宏，你想玩嗎？」周岑凱怯怯的看著他。

鄭進宏並不討厭周岑凱，他其實不太理解為什麼班上其他同學會排擠他，不過他總覺得，周岑凱自己也不喜歡跟別人一起做什麼，他更喜歡自己一個人……或許因為這樣，大家也不太想靠近他，免得自討沒趣。

就像此時此刻，鄭進宏感覺周岑凱不想他在旁邊打擾他，他只想自己一個人玩。

鄭進宏搖頭。「我沒有要玩，我只是想提醒你快到集合的時間了。」

「我再玩一下就上去。」

鄭進宏聳聳肩，沒說什麼就離開了。

離去前，他注意到周岑凱好像鬆了口氣，馬上又開始玩起那個遊戲裝置。

周岑凱果然有點孤僻，鄭進宏想著，同時發現他的動作很奇怪，只用一隻手在操作遊戲裝置，原來另一隻手緊抓著一個藍色的錢包。

為什麼不把錢包收進背包裡，這樣很容易弄丟吧，他邊想邊走到一樓大廳，和班上同學集合。

結果，周岑凱真的弄丟了自己的錢包。

＊＊＊

鄭進宏過去習慣「今日事，今日畢」，交作業從來不拖延，會在當天就寫好校外教學的心得報告，可是這次去參觀國立臺灣博物館，給了他很特別的體驗，他覺得自己需要幾天的時間好好整理思緒。

這幾天，他每天都沉澱一點想法，慢慢累積。

除了參觀博物館，發生「周岑凱掉錢包」這件事也讓他有所體悟，任何事件的發生都有兩面性，有壞的一面，也有好的一面，如果不是因為這件意外，他可能無法理解朋友的真諦。

幫助不是單方面的事情，而是互相的，當你伸出手，會有另一個人接住你的手，這才是真朋友。

繳交作業的最後期限到了，鄭進宏終於寫好心得，上傳到社會科的作業區。

學生姓名：鄭進宏
班　級：五年六班
日　期：一月三十一日
主　題：參觀國立臺灣博物館
心　得：

這一次去參觀國立臺灣博物館之前，我不知道博物館是一個什麼樣的地方，爸爸當時告訴我，博物館存在的意義必須要親自進去看，才能體會。

我在三樓參觀時，終於明白爸爸的意思。

三樓展示了許多化石跟生物標本，還介紹很多跟博物學有關的學者，我仔細閱讀他們的生平事蹟，很感動，回家以後，又讀了一些跟他們有關的資料，覺得他們很了不起。

比如伊能嘉矩先生，博物館介紹他將原住民分類，也是由他提出八族的概念，可實際上他做的事情更多，我查到他出了一套書叫《臺灣文化志》，是他多年在臺灣實地考察研究寫出來的書，很厚的一套書，雖然我沒讀過，但我知道這是他用一生貢獻給臺灣的文化百科全書，藉由閱讀這套書，可以更理解當時那個年代裡的臺灣人是活在什麼樣的環境，過著什麼樣的生活，是非常偉大的成就。

除此之外，還有很多學者，他們有的人專門研究植物，有人專門研究昆蟲，有人專門研究礦物……透過他們的努力，留下好多不可思議的標本，比如龍宮翁戎螺，就是個活化石，存在在很久遠以前，如果不是前人的努力讓我們後人能夠看見，就不會知道有這種貝類存在了。

從他們身上，我學會了不要只會問「為什麼」，不要只會等待別人給你答案，而要想辦法學習如何解答，起身去尋找答案。

人類的智慧就是靠這樣，每個人貢獻出一點點，一點一滴累積而成的。

我希望以後也能對社會貢獻出自己的能力，就算只是一點點的力量也沒關係，因為只要每個人都付出一點點，就是很大很大的力量了。

# 3
# 尋找答案

「好了，各位同學，你們現在可以睜開眼睛了。」臺灣博物館館內，張維茵面對五年六班的二十一位學生說：「老師要陪周岑凱找他的錢包，如果你們當中有人想幫忙，也可以跟我一起來。這是自願的，不會加分也不會扣分，你們自己決定。」

孩子們面面相覷，分成幾個小圈圈在討論著，沒多久，有幾個孩子走到張維茵身邊。

除了周岑凱，二十個學生來了一半，剩下十個學生，張維茵確認剛才舉手承認有看過周岑凱的錢包的五個學生都過來了。

這十個學生包括和周岑凱同一組的五個學生，王志龍和他的兩個跟班，彭佳佳以及鄭進宏。

「其他同學可以先在博物館內自由活動，還不能離開博物館，半小時以後，大家在門口集合，知道嗎？」

「知道。」

十個學生各自散開了，現在有十一個學生在等待她的指示。

身為一個老師，該如何引導這些學生呢？

張維茵一直在思考教育的意義，絕對不只有教授知識，現在的孩子人手一支手機，滑平板就像玩玩具一樣熟練，只要上網就能查詢到大量資訊，那反倒超越了學校成為他們的知識來源。

某種角度看來，老師教導知識的能力遠遠不如網路，然而，老師不只有教學，那只是其中一個職責，她始終認為，老師有更重要的教育責任。

這時，班長李芯玫舉手提出建議。

「老師，博物館裡面到處都是監視器，為什麼不直接調出監視器的影像呢？」

其他孩子們似乎都認同她的想法，畢竟影視劇都是這樣演的。

「科技確實很方便，不過，監視器也是會有照不到的死角，」張維茵環視著學生們，笑說：「在我們決定利用科技之前，也許應該先試試我們的大腦，我們有記憶力，我們的大腦隨時隨地都在幫我們記錄，如果不好好利用我們的大腦，這樣不是很可惜、很浪費嗎？」

李芯玫直視著老師，點點頭，認同老師的思路。

「周岑凱，」張維茵拍拍周岑凱的肩膀，說：「現在，你仔細地回想，自由活動開始之後，你去了什麼地方，做了什麼事，我們陪你一起走一遍。」

「嗯。」

「老師，我們是同一組的，我們可以幫忙。」李芯玫這麼說，陳美好也附和，大家開始隨著他們一起移動。

由李芯玫領頭，跟著他們剛剛參觀過的路線走，每到一個展區就停下來，張維茵要求周岑凱回想，確認當時錢包是不是還在身上？

周岑凱總是迅速回應老師，確定錢包在他身上，他一直放在他的外套口袋裡面，直到他們來到三樓，仍是如此。

王志龍顯得有些不耐煩，質疑他。

「你為什麼那麼確定？說不定中途掉了……你本來就很會掉東西！」

周岑凱回答的聲音霎時變得很輕。

「我……我真的……確定……」

「那時候他還沒有掉錢包啦。」陳美妤突然開口幫腔，瞬間吸引眾人的目光。

「妳怎麼知道？」張維茵問她。

「我看到了。」陳美妤說，還指著旁邊的一張椅子。「我們這一組在三樓的時候，他一個人坐在那裡，把錢包拿出來翻來翻去的。」

此話一出，眾人的目光又轉移到周岑凱身上，他沒有反駁。

「小凱，你在三樓的時候，有把錢包從外套口袋拿出來？」張維茵問他。

「對。」

「然後呢？」她又問。

「然後他跟我說他要一個人去地下室，要我幫他跟芯玫說一聲。」

陳美好插話，周岑凱也是沒有否認。

張維茵轉而詢問陳美好。

「美好，小凱跟妳說要一個人去地下室的時候，有把他的錢包收好，放進外套口袋嗎？」

這時，陳美好皺起眉頭，很認真地回想，但她搖搖頭。

「我不確定……我沒注意他，我去找朋友了……」

李芯玫和其他同組組員也附和她的說詞。

「有啦！錢包還在他身上。」王志龍突然大聲說，口氣胸有成竹。

「阿龍，你怎麼知道？」跟班一號郭郁文挺驚訝的。

「我去上廁所的時候有看到他啊，我還幫他撿錢包。」王志龍娓娓道來，自己在樓梯間看見周岑凱匆匆忙忙跑下樓梯，地上掉了一個藍色牛仔布錢包，他猜測可能是他掉的，就叫住他。

「結果真的是他的錢包。」

張維茵向周岑凱確認。

「小凱，你要去地下室的時候，阿龍真的幫你撿錢包，還給你？」

「嗯。」

這下別說王志龍的兩個跟班大吃一驚，其他同學也感到不可思議。

「王志龍，你也會幫忙周岑凱喔。」陳美好吐槽道：「我還以為你只會欺負他。」

王志龍漲紅臉，說：「我才沒有欺負他！」

「小凱，阿龍把錢包還給你以後，你有沒有收好？」張維茵接著問。

「有。」

「有收進外套口袋嗎？」

周岑凱猶疑了。

「他沒有收進外套口袋裡。」

彭佳佳原本只是安靜地跟著大家行動，此刻，她開口了。

張維茵溫柔地望著她。

「佳佳，妳怎麼知道呢？」

「我在地下室看到他。」

「妳當時人在地下室？」

「對。」

張維茵意識到，地下室應該是關鍵，周岑凱後來也是躲在地下室的男廁所內。

「好，現在我們一起去地下室。」她說。

這次由周岑凱領頭，帶著同學們走下樓梯，往地下室的展間移動。途中，張維茵注意到，孩子們自然而然的圍繞著周岑凱，以他為中心，討論著他可能在哪裡掉了錢包，還想辦法要幫他回想起來。

張維茵微笑的看著這一幕，不發一語。

地下室同樣分為東西展間，以「臺灣我的家」為主題，他們先來到西展間，外面的走廊有對外窗，窗邊也有桌椅。

張維茵讓彭佳佳先說明當時的情況。

「佳佳，妳看到什麼？」

她先是指著窗邊的椅子，說：「我坐在那裡休息，後來我看到周岑凱跑下來，」她又指向展間說：「他在裡面逛很久。」

「妳有看到他的錢包嗎？」

「有，他拿在手上，好像是右手。」

「他一直拿著錢包嗎？」

彭佳佳想了想，搖頭。「沒有，他後來看影片的時候，就放在旁邊。」

「他看什麼影片？」

彭佳佳帶著大家走進西展間，這裡有許多互動裝置，她來到一個可以播放影片的裝置前方。

那個影片裝置旁邊有個小按鈕，按下去，就會播放一段用紙板做的原住民族故事短劇。

王志龍立刻好奇的按下按鈕，和兩個跟班看起影片，將找錢包一事暫時拋在腦後。

「小凱，你那時候坐在這裡看影片嗎？」

張維茵注意到這裡確實有座位可以坐著，周岑凱點點頭。

「嗯。」

「錢包呢？」

「就放在我旁邊。」

李芯玫這時主動說明。「老師，我可以證明確實是這樣，因為我那時候也在這裡。」

「妳也在這裡？」

「對，因為周岑凱是我的組員，而且快到集合的時間了，美好跟我說他人在地下室，我就過來找他，那時候他確實在這裡看影片，錢包就放在他身邊。」她停頓了一下，自責地說：「對不起，如果我那時候就要求他跟我一起去集合，他就不會掉錢包。」

「芯玫，這不是妳的錯，明明是周岑凱自己沒有保管好錢包……」陳美妤激動地說，怒懟周岑凱。「周岑凱，你很奇怪，為什麼不把錢包收進包包裡？一下子放在外套口袋，一下子拿在手上，一下子又放在旁邊……難怪會弄丟。」

「因為……」周岑凱不好意思地說：「我怕會弄丟。」

這答案讓大家忍不住翻白眼，怕弄丟才拿在手上，結果反而真的丟了，還不如一開始好好收在背包裡呢。

不過，現在後悔也來不及了，張維茵安撫大家的情緒，說明此時互相指責無濟於事，應該要想辦法解決問題。

「小凱，你看完影片以後，又做了什麼事？」

周岑凱還沒開口，鄭進宏率先舉手回答了。

「張老師，我知道。」

「阿宏，你也看到了周岑凱？」

「對啊，我下來地下室的時候，就看到他在那邊玩。」他指著前方的一個遊戲裝置，大家一起往那裡移動。

張維茵仔細查看這個裝置，牆面上掛著許多紙板，可以透過轉動把手的方式創作動畫，而且有兩個把手，也就是可以兩個人共同創作。

「他一個人玩？」

「嗯。」

張維茵開玩笑地說：「阿宏，你怎麼不跟他一起玩？」

鄭進宏聳聳肩。「我覺得他好像比較想自己一個人玩。」

眾人看向周岑凱，他尷尬地說：「我以為鄭進宏不想跟我玩⋯⋯」

張維茵笑了出來，一手一邊，按住兩個男孩的肩膀，說：「原來是誤會，那下次有機會一起玩吧。」

「好啊。」鄭進宏爽朗地說，周岑凱也不好意思地點頭。

「小凱，你玩這個遊戲的時候，把錢包放在哪裡？」張維茵問周岑凱。

「我一直拿在手上。」

「對，我也有看到。」鄭進宏確認道。

張維茵點點頭，又問：「然後呢？小凱，你之後就直接去一樓集合還是又做了什麼事？」

面對老師的提問，周岑凱認真地思索著，環顧著室內，一會後，他的視線定焦在窗邊，突然他露出一臉恍然大悟的神情。

大家追隨他的目光看過去，那裡的窗戶旁邊擺著幾套原住民族的傳統服飾以及幾面全身鏡，可以讓遊客穿上拍照。

「我想起來了！」

周岑凱興奮地喊道，跑到其中一套服飾的前面，開始摸索著，然後他在一個斜背包裡，掏出一個藍色錢包。

眾人圍著他，目光聚集在他的雙手手掌心，那裡放著一個藍色牛仔布製錢包，上面還繡著一隻白貓。

「我找到我的錢包了。」他開心地說。

「太棒了！」王志龍真心為他高興，率先大聲鼓掌歡呼，其他人也一起為他拍拍手。

周岑凱臉上洋溢著幸福的笑容，眼角竟帶著一點淚水。

「謝謝你們的幫忙……」

「不客氣，我們是同學啊。」

「找到就好，以後錢包要放在包包裡，這樣才不會弄丟。」

張維茵靜靜在一旁凝望著這一幕，始終面帶微笑。

助人者與被助者，這是開啟友誼的第一步，即使是一件小事，希望他們永遠記住這一刻。

「各位同學，我們應該上去集合了，別讓其他同學等太久。」張維茵出聲提醒孩子們，十一張臉孔全都期盼地看著她。

「老師，我們是不是要下課了？」其中一個孩子問道。

她溫柔地朝著所有孩子說：「再等一下，等一下就下課了。」

孩子們嘻嘻哈哈地離開地下室，往樓上移動，唯獨鄭進宏留在原地，他拿出手機，在窗邊擺的那些原住民傳統服飾前面自拍。

張維茵笑了笑。「阿宏，你想試穿看看嗎？」

「不是啦，今天我學到一件很重要的事，我要記下來，要留下紀念。」

她沒有問他學到了什麼，而是問他：「你覺得博物館有趣嗎？」

「有趣，我喜歡博物館，我還想待久一點，很多東西還來不及看。」他說。

「你最喜歡哪一個展間？」

「我覺得每個展間都有有趣的地方，如果一定要說最喜歡的，應該是三樓吧。」

這答案有點出乎意料，張維茵又問：「為什麼你最喜歡三樓？」

「因為……」鄭進宏看起來有點害臊，沒有回答這個問題，反倒靦腆地問：「老師，當一個博物學家很困難嗎？」

張維茵聽到這個問題，頓時領悟他為何喜歡三樓，她開玩笑地說：「如果我說很困難，你會放棄嗎？」

鄭進宏很認真說：「我不會放棄。」

面對孩子熱烈殷切的臉龐，張維茵摸摸他的頭。

「阿宏，不只是博物學家，老師相信你可以去任何你想去的地方，去做任何你想做的事情，老師會支持你。」她停頓一下，朝他眨個眼。

「不過，前提是不可以犯法喔。」

男孩露出燦爛的笑容，說：「我知道。」

# 4
# 祕密

周岑凱每天只能睡七個小時，晚上十一點就寢，早上六點起床，不能多也不會少，不分四季，不論要上學或者放寒暑假，這是他的爸爸媽媽規定好的規矩。

自從上小學，除了嚴格的睡眠時間，他的生活充滿各種規矩。

例如他出門一定要帶手機，手機裡已經安裝好定位追蹤軟體，這樣他的家人可以隨時知道他人在哪裡，偶爾他們也會打電話或者傳訊息給他，然後他要立刻回報自己在哪裡做什麼，可是一回家，手機就必須交給爸爸媽媽保管。

如果回家以後有老師或朋友聯絡他，他的家人會代替他回覆，總之，規矩就是回家不准用手機，只能用家裡的平板，而且上網時間只有一小時，寫完回家作業之前也不准看電視或玩電動，看漫畫或動畫也不行，反正在爸爸媽媽檢查好作業之前，禁止任何娛樂活動。

媽媽會安排好他的每日作息，從起床開始，吃飯時間、運動時間、上學時間、補習時間、讀書寫作業時間、娛樂時間、睡眠時間……

周岑凱感覺自己除了學校的課程表之外，又多了一張放學之後的行程表，精準安排每個小時的行程，他無法反抗。

爸爸媽媽總是告訴他，會給他最好的，不會讓他輸在起跑點……

但周岑凱總覺得，自己好像一具機器人，只能按照爸爸媽媽的指令行動，他們說一，他就做一，他們說二，他就做二，不需要思考，也沒有自由意志，反正照做就對了，至於他的腦袋裡在想什麼，他們根本不在乎。

他的爸爸媽媽都在科技公司上班，工作忙碌，依舊緊迫盯人，三不五時就要他報備行蹤，有時候會讓他喘不過氣，很想逃，哪裡都可以，最好誰都找不到他。

他只能閉上眼睛做夢，沒有手機，沒有密密麻麻的行程，沒有爸爸媽媽的命令……他想舒舒服服地躺在大床上，想睡到幾點就睡到幾點，或是躺在一望無際的大草原上，天氣晴朗，微風吹拂，還是躺在一艘小船上，飄盪在平靜無波的海洋，夜幕低垂，月亮高高掛在天空上，好涼爽……

唉，做夢畢竟只是夢，睜開眼睛，還是得面對現實，唯一能讓周岑凱逃避現實的世界，就是玩手機遊戲。

玩遊戲可以帶他進入一個全然虛構的幻想世界，他可以扮演某個角色，經歷冒險故事，那是和枯燥的現實截然不同的體驗。

不過，因為他的手機一回家就會被爸爸媽媽沒收，他只能趁著在外面的時候盡情地玩遊戲。

最近，他迷上一款手遊，叫做「魔王和奴隸」，遊戲結合策略模擬和冒險，遊戲玩家扮演魔王，統御王國裡的奴隸。

遊戲裡不定時會有「天罰」或「天助」，其中最可怕的天罰是「鹿鼓大神」，鹿鼓大神出現，會降下所有的災厄，如果魔王的能力不夠，王國裡的奴隸有可能全滅，由於鹿鼓大神現身之前會有一陣鼓聲，而且鼓聲會越來越劇烈，因此玩家們都戲稱大神是「鼓聲一響，寸草不生」。

而最受玩家歡迎的「天助」則是幸運精靈「米喜」，米喜每次現身之前，會先有一陣喜鵲叫聲，接著是少女的輕柔歌聲……米喜長得嬌小漂亮，金髮綁成雙馬尾，背後有一對透明薄翅膀，祂一出現就會喊一聲

「lucky」，然後所有問題迎刃而解。

周岑凱好喜歡米喜，之前遊戲公司舉辦抽實體卡牌的活動，有米喜的卡牌，他把零用錢都拿來買遊戲點數，抽到一堆角色的卡牌，就是沒抽到米喜的，他好難過，想跟其他玩家交換卡牌，偏偏米喜的卡牌太受歡迎，根本沒人想要出讓，他更鬱卒了。

後來奇蹟出現，原來他們學校六年級有個學長也是「魔王和奴隸」的遊戲玩家，而且他還抽到兩張米喜的卡牌，願意用米喜的卡牌跟他交換鹿鼓大神的卡牌，周岑凱當然樂意，因為他可是抽到了三張鹿鼓大神的卡牌呢。

他們約在午休時間交換卡牌，周岑凱拿到米喜的卡牌時，雙手都在顫抖，不敢置信，感覺整個世界瞬間都明亮起來了。

他知道爸爸媽媽會進他的房間「抽查」，還會翻他的書包檢查，因此他隨身攜帶著米喜的卡牌，要是被他們知道，一定會被沒收，說不定還會禁止他玩手遊。

絕對不能讓他們拿走我的幸運精靈！

不管是上學，去補習班，甚至洗澡、睡覺，他都隨身攜帶著米喜的卡牌，二十四小時不離身，這是他的祕密。

因為在這個世界上，他最喜歡米喜了。

＊＊＊

周岑凱在網路上認識很多朋友，大部分都是因為玩同一個遊戲結識的，他也很喜歡看遊戲直播主的節目，常常幻想，等他長大也可以當一個遊戲直播主，可以玩遊戲又可以賺錢，好棒，不過他的爸爸媽媽一定會反對，他們都希望他能當醫生。

只是在現實中，他的人緣很差，確切地說，他沒有朋友。

在學校裡，他就是一個邊緣人，別說同學們當他是透明人，就連老師們也不經意地會忽略他的存在。

班上總共有二十一個學生，他有時候會覺得自己像是多出來的，每次要分組，不管是自然科要分組作實驗，或是體育課要分組比賽，或者美勞課要分組活動，甚至是兩兩一組排值日生，他總是被落下。

剛開始，他還覺得有點難過，現在他已經習以為常了。

沒關係，我不需要現實的朋友，他這樣對自己說，我只要可以玩遊戲就好了。

因此，只要一有空閒，他就拿出手機玩遊戲，不論下課的時候、吃午餐的時候、搭捷運去補習的時候……因為一回家他的手機就會被媽媽沒收，他必須把握所有可以玩的時間。

班上沒有人喜歡他，也沒有人想靠近他，他不知道自己做錯什麼，是因為他長得很矮嗎？還是因為他長得像女生？或是因為他跑步跑得很慢……周岑凱不知道，也不想知道了，反正他不需要現實的朋友，他有很多虛擬世界的朋友。

周岑凱很會玩遊戲，在虛擬世界裡，他是個厲害的遊戲玩家，很多網友崇拜他，他很喜歡那種感覺，現實怎樣就無所謂了。

不過，有個同班同學讓他很困擾，就是王志龍。

「周岑凱，你要吃那個荷包蛋嗎？」

那天中午，周岑凱邊吃飯邊分心玩手遊的時候，王志龍突然主動找他講話，打斷他的遊戲節奏。

他嚇一跳，好一會才回神過來，理解王志龍在說他餐盤上的荷包蛋。

「好。」他不加思索地點頭答應，不料，往後是一連串的「災難」。

周岑凱可以忍受被班上同學忽視、排擠、當成透明人，可是他受不了被「糾纏」。

偏偏王志龍從那顆荷包蛋開始，就此鎖定他，糾纏他，每天中午都會打斷他玩遊戲，然後從他的餐盤裡拿走一樣菜，態度理所當然。

周岑凱不在乎他拿走他的午餐，只是他好不容易可以有時間玩手遊，卻被迫中斷，真的很煩，他很想直接跟他說——你想吃什麼就直接拿走，不用跟我說。

可是，王志龍不僅於此，他越來越過分，想要什麼就跟他要，像是忘記帶數學課本就要他給他，害他被老師責罵，或者看他帶了新的小東西，像是一支新的自動筆或者一塊橡皮擦，他也自動從他的筆袋拿走，彷彿他的東西也是他的東西一樣。

周岑凱不喜歡這樣，卻不敢說不，他怕王志龍的拳頭。

他相信班上其他同學都看見王志龍對他做出過分的舉動，老師應該也知道，可是卻沒有一個人站出來阻止他。

他感到心灰意冷，真不想上學了。

他在學校孤立無援，如果告訴爸爸媽媽，他們會怎麼做？

爸爸媽媽一定會告訴老師，老師又能怎麼做？

老師可能會責備王志龍，然後王志龍會怎麼做？

聽說王志龍的爸爸會打他，他曾經見過王志龍被打到眼睛瘀青來上學，會不會哪天他也學他爸爸，一生氣就把他當成沙包打？

王志龍那麼高又那麼壯，他根本打不過他……周岑凱光想到那個情景就害怕。

這跟網路的虛擬世界不同，在現實世界裡，被打會痛、會受傷，他不想被王志龍打，只能乖乖地逆來順受。

誰能幫幫我？

每天睡前，周岑凱總會拿出米喜的卡牌，向他的幸運精靈誠心祈禱，賜給他一點好運吧，拜託……

＊＊＊

「小凱，你今天到了博物館門口，要拍一張照片傳給我，知道嗎？」

「好。」

「下課以後，要直接回家，不可以在外面閒晃，知道嗎？」

「知道。」

「今天晚上，我跟你爸爸都要加班，會晚一點回來，這裡有三百塊，你自己去買你想吃的東西當晚餐，吃完晚餐要先寫數學評量，你昨晚只寫了一半，今天要寫完，寫完才可以上網，知道嗎？爸爸媽媽回來會檢查喔。」

「喔。」

好煩，周岑凱出門前，他媽媽總會嘮叨個沒完，交代東交代西的……他拖著沉重的步伐先去學校集合，社會科張維茵老師會帶他們班去國立臺灣博物館校外教學。

有時候，他真希望自己從世界上消失就好了，每天都一樣讓人煩躁，為什麼都不會發生好事呢？

周岑凱從錢包裡掏出他珍貴的米喜卡牌，默默向他的幸運精靈許願，希望今天能賜他好運。

不過，對於今天校外教學的地點，他絲毫提不起精神，因為他早就來過了。

他的爸爸媽媽休假時很喜歡帶著他去參觀博物館、美術館或科學教育館之類的機構，他們覺得去那種地方可以提升他的文化素養，對他的身心有益，是對他有幫助的休閒娛樂活動，從沒問過他喜歡或不喜歡。

他只確定，玩手遊絕對不是他爸爸媽媽眼中有益身心的娛樂活動。

因此，當其他同學被臺灣博物館壯觀的建築物吸引時，周岑凱不感興趣，只希望今天的校外教學趕快結束。

而張維茵老師宣布要分組自由活動，他頓時有不祥預感……果然，他又落單了。

後來，老師將他分配到班長李芯玫那一組。

他不喜歡李芯玫，她很嚴肅，做事一板一眼，很少笑，總是一副「太過認真」的樣子，而且感覺她會向老師報告所有事情。

她讓他聯想到他媽媽。

不過，也只有班長這一組會「收留」他，他別無選擇，只能跟著他們一起活動。

由於周岑凱之前已經來參觀過，看過這些展覽，他一下子就寫好學習單，覺得很無聊，沒興趣再看一遍，乾脆離組員們遠一點，拿出手機玩手遊。

他就這樣邊走邊玩遊戲，一路來到三樓展間，走得有點累了，找個地方坐下來休息。

這時，他媽媽突然傳訊息給他，問他下課了沒？提醒他結束校外教學之後要快點回家，不要在外面遊蕩，要記得寫好數學評量……

周岑凱越看越煩，突然沒興致玩遊戲了，把手機收到背包裡，一臉無奈地看著四周，他其實比較想去地下室參觀，印象中那邊比較好玩，有很多可以互動的遊戲裝置，可是其他人就算了，班長李芯玫那種死板的個性，絕對不可能允許他「脫隊」行動，說不定會去跟張老師打小報告，真討厭。

然後，他從外套口袋拿出錢包，小心翼翼地抽出米喜的卡牌。

他的幸運精靈正對著他微笑，彷彿在鼓勵他。

米喜，請賜給我一點好運吧，他在心底默默祈禱著，發生一些好事吧……

這一刻，奇蹟發生了！

「周岑凱，你在做什麼？」

陳美好竟然主動跟他說話，不敢相信！

陳美好是班上最漂亮的女生，皮膚好白，長得好像米喜，幾乎每個男生都喜歡她，她身邊總是圍繞著朋友，和他恰好相反，她那麼耀眼，根本不會理他這個邊緣人，看都不看一眼，就算他們同一組，他也不敢妄想。

沒想到……

周岑凱慌張的把米喜收進錢包裡，低下頭，掩飾自己臉紅的樣子。

「沒……沒什麼……」

看陳美妤似乎要走開了，他突然急中生智，叫住她。

「陳……陳美妤……」

陳美妤的大眼睛凝視著他，等待他開口。

「怎麼了？」

他吞吞吐吐地說：「妳可不可以跟班長說一聲，我想去地下室。」

陳美妤似乎不能理解。「你要一個人去地下室？」

「嗯。」

「為什麼？學習單上面又沒有要我們去地下室？」

「我想去看看……」

陳美妤歪著頭皺眉的樣子好可愛，周岑凱偷偷看著她。

「好吧。」她答應了。

「謝謝……」

太棒了，幸運精靈，謝謝妳！周岑凱在心底雀躍地吶喊著，又能跟陳美好說話，又可以去地下室，一舉兩得！

他興沖沖地離開三樓，快跑下樓梯，迫不及待要去地下室，然而他突然聽到一陣熟悉的呼叫聲。

「周岑凱！」

周岑凱有不好的預感。

他本能的身體僵硬，不敢動作，屏住呼息，緊張地看著「那個人」來到他面前。

果然是王志龍。

這就叫「樂極生悲」嗎？周岑凱暗暗叫苦，今天的校外教學他一直小心地避開王志龍，後來跟班長同一組，有她在身邊，王志龍也比較不敢明目張膽的欺負他，想不到……他一下子從天堂掉到地獄。

「王志龍……有事嗎？」

周岑凱原本以為王志龍又想找他麻煩，但他竟然拿出一個藍色錢包。

仔細一看，那就是「他的錢包」！

「這是你掉的東西嗎？」

周岑凱嚇一跳，趕緊摸一下外套口袋，他的錢包不知道什麼時候掉了……一定是他剛剛跑太快。

他點頭。「對，是我的。」

「是你的就拿去啊。」王志龍有點不耐煩地說。

出乎意料的爽快，他竟然沒有刁難他……周岑凱戰戰兢兢地收下錢包，一邊戒備著，深怕他是不是安排了什麼整人手段？

「謝謝……」他小聲說，一拿到錢包，飛快地轉身離開，希望王志龍可別追上來。

好不容易抵達地下室，確認王志龍沒有跟著他，周岑凱這才喘口氣，真正感到放鬆。

這一層的遊客很少，簡直就像被他一個人佔據了，他很開心。

這裡以「臺灣我的家」為主題，設計很多介紹臺灣人文和自然的互動遊戲，用趣味的方式呈現。

其中，周岑凱最喜歡看臺灣原住民的故事，比如有一個故事叫做「太陽的眼淚」，是用紙板做的短劇場，描述排灣族人將琉璃珠稱作太陽的眼淚的由來，故事生動有趣，他看得津津有味。

其實他之前和爸爸媽媽一起來參觀臺灣博物館時，逛到地下室，他就很想看這些小故事，可是爸爸媽媽覺得浪費時間，隨便晃一下就離開了，他覺得好可惜，今天要把握機會看個夠……

「周岑凱。」

班長李芯玫的聲音猛地將他從故事裡拉回現實，他一時半刻還沒反應過來，愣愣地看著她。

「班長？怎麼了？」

李芯玫看起來很生氣。

「你要下來怎麼沒先跟我說一聲？」

她發火的樣子跟他媽媽大發雷霆教訓他的時候一模一樣……周岑凱不自覺低下頭。

「我有告訴陳美好……」

「老師說過，同一組的組員要一起行動，你怎麼可以自己……」她停頓一下，又說：「算了，集合的時間快到了，你跟我一起上去一樓。」

時間已經到了嗎？這麼快……周岑凱戀戀不捨地環視著這一層的其他遊戲，鼓起勇氣說：「等我看完，我再上去集合……」

李芯玫瞪大眼睛，直直盯著他，好可怕……幸好，她並沒有勉強他，不發一語自己離開了。

周岑凱看她走遠，這才鬆口氣，他看完影片，還意猶未盡，他拿起錢包，走到一個可以自己創作手翻書的遊戲裝置前，看起來很有趣，他開始轉動把手，邊玩邊創作。

「周岑凱，你在玩什麼？」

周岑凱停下動作，很意外鄭進宏竟然一個人下來地下室。

鄭進宏在班上的人緣很好，老師、同學都喜歡他，他身上好像有股吸引力，能自然而然地讓別人喜歡接近他，和他做朋友。

周岑凱很羨慕他，他不用躲在虛擬世界裡就能大受歡迎。

「鄭進宏，你也想玩嗎？」他忍不住試著邀請他，反正這裡沒有其他人，被拒絕也不會有人取笑他。

果然不出所料，鄭進宏拒絕了，獨自離開，地下室又只剩他一個人。

周岑凱心底有點難過，就連個性溫和、有禮貌的鄭進宏都不願意接近他，甚至不肯跟他一起玩遊戲……

不過，他很快拋開憂鬱的心情，投入遊戲裡。

他玩了一會，本來準備離開去一樓大廳集合，目光卻被窗邊的原住民傳統服飾吸引住。

正好現在沒其他人在，他想試穿看看，好像很好玩。

他挑了一套衣服，先在全身鏡前面比對一下，看起來很適合，他乾脆脫下背包跟外套，放在一旁，然後穿上衣服……哇，剛剛好！

還有一個斜背的小包包和頭飾，他一一穿戴好，看著鏡子，感覺自己好像真的變成原住民了，真有趣。

他拍了幾張自拍照，接著脫下衣服，放回原來的位置，然後穿回外套，背上背包。

好了，要趕快去集合！

周岑凱加快腳步跑上樓梯，雙手插進外套口袋，心情輕鬆。

突然間，他察覺哪裡不對勁，少了什麼……

我的錢包不見了!?

周岑凱慌張的跑下樓，開始在地下室地毯式搜索，可是他到處找都找不到他的錢包。

他逼自己冷靜下來好好回想，卻怎麼都無法靜下心來思考，越想越慌亂。

怎麼辦？

他的手機突然響起來，是張老師打電話給他，一定是叫他趕快去集合，可是他還沒找到他的錢包……

一定是我太貪玩，才會被懲罰，現在連米喜都不要我了……

周岑凱難過地想著，把自己關進男廁所裡面，躲起來偷哭，不想見任何人。

張老師一直打電話給他，但他不想接電話，他也不敢告訴爸爸媽媽他弄丟錢包，他們一定會罵他為什麼一個人亂走……沒有人會幫忙他，大家都不喜歡他，只會取笑他……

咚咚。

「周岑凱，你在裡面嗎？」

剛開始，周岑凱以為他聽到的敲門聲和呼喚聲是他的幻聽，是幻想，但那聲音卻持續不斷的出現。

那是真實的聲音，不是他的幻想，有人正在找他，有人正在呼喚他的名字，他沒有被忽略，他沒有被遺忘……

「周岑凱，你在嗎？」

他忍不住發出聲音，回應。

「我在。」

＊＊＊

周岑凱坐在房間的書桌前，從錢包裡拿出米喜的卡牌，仔細地擦拭。

還好沒弄丟我的幸運精靈。

他一定要好好珍惜。

今天在臺灣博物館的校外教學，張維茵老師教會他一件很重要的事情。

他曾經以為只要有虛擬的網路朋友就好了，現在他體會到，現實的經驗才能讓他真正感受到自己的存在。

他回想著今天的經歷，寫好參觀心得，上傳到社會科的作業區。

學生姓名：周岑凱
班　級：五年六班
日　期：一月三十一日
主　題：參觀國立臺灣博物館
心　得：

因為我之前就跟爸爸媽媽一起參觀過國立臺灣博物館，所以我已經看過那些展覽，沒有特別想再看一次，其實我覺得最好玩的地方是地下室，那邊有很多可以跟遊客互動的遊戲，而且可以邊玩邊學習，像是太陽的眼淚的影片，就是講原住民排灣族為什麼把琉璃珠叫做太陽的眼淚的故事，還有大海的子民，這個影片是講原住民達悟族和飛魚神的故事，都很精采。不過因為老師出的學習單上面沒有地下室的題目，所以大家都不感興趣，我沒看到幾個同學下去玩，真奇怪。

我本來以為這次的校外教學會很無聊，結果跟我想像的差很多很多。

我覺得即使是去一樣的地方，可是跟不一樣的人去，感覺真的就是完全不同，因為會發生很多意想不到的

事情，這讓我聯想到玩手遊的時候，會因為不同的選擇，觸發不同的事件，遇見不同的人，得到不同的結局。

遊戲裡可以無限次的存檔、重來，就算在遊戲裡不小心死了，也可以重新開始。

但是在現實世界裡沒有這樣的機會，不能隨心所欲，可能因為一個不小心，就會丟掉非常寶貴的東西，而且一旦那個東西不見了，就可能再也找不回來，這樣真的很糟糕。所以，我覺得學會和別人相處是很重要的一件事，如果要得到好的結果，就要小心的選擇，因為我們面對的每個人都可能會帶來意料不到的影響。

我想這可能需要很長的時間去學習，我會努力。

我會永遠記得今天的校外教學，謝謝所有幫助過我的人，謝謝你們。

導讀

# 從意外事件感受自己的存在

謝鴻文

## 一、用簡單的素材，好好說一個故事

剛開始寫作的新手，常會犯一個毛病：容納太多素材，但欠缺整理裁減，以致於浪費了許多素材沒能在故事裡好好說。如果反其道而行，就是將一個簡單的素材，好好的經營構織出一個故事，讓人物形象鮮明生動，情節邏輯允當合理，且符合少年兒童閱讀意趣，並在主題思想和藝術形式創意上有一定的追求，這樣的作品，在文學獎脫穎而出的機率會比較高一些。

《博物館裡發生什麼事？》便是一部符合前述幾項優點要素的作品，作者很聰明的選擇一個好題材，並且自覺地把題材縮小，將故事控制在角色一天之內在一個地點發生的一樁事件，完全印證了西方古典戲劇「三一律」（classical unities）的架構——時間、地點和行動三者之間保持一致。

小說從一群正國國小五年級生的社會科到國立臺灣博物館校外教學說起，接著情節都一直在博物館內發生。這幾年臺灣以博物館為主題書寫的少年小說或童話，多半集中在國立故宮博物院，這部小說選中臺灣歷史最悠久的國立臺灣博物館，立刻讓人眼睛一亮。國立臺灣博物館原屬一九〇八年臺灣總督府民政部殖產局附屬博物館，是日本殖民政府效仿西方帝國主義國家，藉由設置博物館來蒐集展示殖民地各項資源成果，也有展現征服殖民地，掌握各項資源的企圖野心隱含其中。就算先不談國立臺灣博物館豐饒的自然史館藏，光是典雅大器的歐式建築特色，也十分有看頭。

雖然有引人入勝的故事場景，但小說對於建築美學、文物收藏並未著墨太多，而是著力描繪出這班學生校外教學時的面貌，例如：感覺無聊，心想利用手機查找資訊快速應付寫完老師給的學習單，然後找機會偷玩手機。這種情況是現實中教學現場的常態，真實反映出教師在事前的準備的用心程度，是否有引領學生更多主動探索的興趣，不能僅靠時間與內容有限的導覽解說，然後就丟下一張制式的學習單要學生填寫。小說把這種窘狀寫出，亦可提醒任何大人教學引導作法務須革新，才能在不同教學場域裡建構出學生需要的素養，達到校外教學的目的。

## 二、目擊證人現身，推理倒敘故事

隨著二十一個學生聽完導覽解說，鬧哄哄散開分組自由行動之後，張維茵老師「只能祈禱，接下來一個小時不要有意外發生」，馬上為後面的意外事件埋下伏筆。

事件的肇始者周岑凱，乖順溫馴，被父母親教養得如同機器人，總是聽命令行事，他看似內向害羞，疏於和同學連結，某種程度也是對現實的逃避，習於躲進手機遊戲的幻想世界裡，找尋情緒的安慰解脫。這樣的個性特質，導致他在班上如同邊緣人存在。作者掌握住這個特質，使得周岑凱為何脫離小組，逕自跑去地下室的展區，在那玩起互動的遊戲就合情合理。由於不被打擾的自在，讓他一時迷糊大意，遺忘了錢包。

事件既已發生，我們再來看看張維茵老師的危機處理方式，從容允當，沒有過度責罵學生，這部分的描寫，讓前面戶外教學引導方式太單調呆板的形象，又扭轉為具有智慧與責任的師者。接下來的故事發展，導入了一些推理辦案形式，讓五位目擊過錢包的同學現身成為敘述主角，情節便一一倒轉切入他們的自白陳述，把前一小時分組自由行動期間，何時何處看過周岑凱和他的錢包詳加交代。

作者對於五位目擊同學的人物角色設定，細心編造之處不亞於周岑凱。李芯玫、王志龍、彭佳佳、陳美妤和鄭進宏，彼此在班上的關係或親近或平淡，個性殊異，比方班長李芯玫早熟獨立，各方面能力皆具備，功課好人緣佳，是比較類型化的人物角色設定。正因為她的包容力，每每周岑凱分組沒有同學想要接納時，就是李芯玫會幫忙照顧周岑凱。看起來是典型美好乖乖牌的角色，可是作者有意或無意也悄悄鬆綁了一些刻板印象，「舉凡幫老師收作業，照顧沒有人想理睬的同學，當老師的『眼線』，告知他們班上發生的大小事……她有時會覺得很煩，不想做的事也得做，大家還覺得『理所當然』。」李芯玫這段心情獨白，我們一旦同情理解，應會引發對這類型孩子刻意壓抑自己負面情緒的不忍。

沒有將人物角色截然二分好壞，也是這部小說值得稱許的一個優點。例如描寫王志龍長得又高又壯，只要稍微凶悍一點，同學就會對他百依百順，有求必應。看似常欺負霸凌他人的王志龍，在博物館的樓梯間，見到周岑凱慌張跑步時掉落的錢包，家境並不富裕的他，假如心地真的壞，大可趁機侵占錢包；但他沒有這麼做，反而撿起來還給周岑凱。由此可見，他也不完全是一個頑劣而沒有優點的孩子。既能刻畫良善，也不避諱缺陷，沒有完美的性格，才能讓人物角色形象更顯血肉飽滿立體，性情變化流動自然。

## 三、每一個個體背後，都有不為人知的故事

再細究李芯玫等五人的自述裡，也可以看出他們各自的家境、父母的教養模式，以及個體與原生家庭、與學校同儕之間諸多的互動問題，敏感的少年主人翁們，其實一個個像脆弱的陶瓷，外表雖平靜亮麗，內在卻往往是波濤洶湧，幾番風雨交雜而有困頓、疑惑、哀憐、悲傷等脆弱情感輪替著，陶身隱隱的裂痕，總在等待被癒合。

以彭佳佳為例，她的父母親早就離婚，父親長年在越南工作，她則在臺灣和奶奶住在一起相依為命。她對現實世界中的人欠缺興趣，喜歡沉溺在網路世界裡與人交遊往來，遂自覺自己是一個怪咖。彭佳佳對周岑凱因此有一種特殊的感覺，「她偶爾會想，如果班上沒有他，那麼就會是她被同學排擠。」兩個怪咖的遇合，所以彭佳佳對周岑凱也不盡然是冷漠的，說穿了，她只是不擅長與人面對面順暢溝通罷了。想想這樣的孩子心中，必然也常是孤獨抑鬱，需要被愛與擁抱吧！

而這五個角色取樣，鑾大部分映現了當下許多社會家庭結構的人事變遷，以及青少年的萬般心事，糾纏出這部小說略顯灰鬱不快樂的基調。這個世代的青少年，自我與外

在環境的複雜紛亂，若沒有長期貼身觀察實難想像。當作者只是拋出問題，並未試著去為他們的生活處境做解決，留下空白給讀者思考也挺好。小說中唯一解決的事，就是靠他們的力量，逐一還原拼貼了周岑凱遺失錢包的現場經過，最終圓滿找回錢包。受到幫助，大受刺激思考的周岑凱，他對人的心防解放了一些，回家後才慢慢體會到「現實的經驗才能讓他真正感受到自己的存在」。有了自我認同的存在感，周岑凱可以將它好好收藏在精神意志之中，化作成長鍛鍊的養分。

站在這些少年角色的心理立場去理解他們，是閱讀這部小說最耐人尋味的地方。不過，像李芯玫等五人，加上周岑凱，每一章節情節敘述完之後各自交出的那篇參觀心得，作者有些失手介入過多（忘記要用角色本色說話），因此文章裡的個人特質、言語習性、寫作能力水平幾乎一致，且每一篇都流暢完整，敘述條理分明，毫無錯字與標點符號誤用，就顯得不夠真切。撇除這大缺點，《博物館裡發生什麼事？》堪稱是一部四平八穩好看的小說，從閱讀中的共鳴交會，可以讀出這世代青春少年的樣貌，我們張望、思想著，願他們都能得所歸屬，找到自己存在的價值。

・本文作者謝鴻文先生，現任 FunSpace 樂思空間團體實驗教育教師、林鍾隆兒童文學推廣工作室執行長、遇見小王子書房創辦人、專業兒童劇評人。著有兒童文學作品《雨耳朵》、《埤塘故鄉》等；論述《兒童劇場面面觀》、《凝視臺灣兒童文學的重鎮：桃園縣兒童文學史》、《兒童戲劇的祕密花園》等；另主編有《社區劇場實踐之道》、《風箏：一齣客家兒童劇的誕生》等書。

九　歌　少　兒　書　房　2　9　9

# 博物館裡發生什麼事？

國家圖書館出版品預行編目（CIP）資料

博物館裡發生什麼事？／曾佩玉著 ；劉彤渲圖．-- 初版．
臺北市：九歌出版社有限公司，2024.08
面；　公分．--（九歌少兒書房；299）
ISBN 978-986-450-700-9(平裝)
863.596　　113009618

作　　者——曾佩玉
繪　　者——劉彤渲
責任編輯——鍾欣純
創 辦 人——蔡文甫
發 行 人——蔡澤玉
出　　版——九歌出版社有限公司
台北市 105 八德路 3 段 12 巷 57 弄 40 號
電話／02-25776564・傳真／02-25789205
郵政劃撥／0112295-1

九歌文學網　www.chiuko.com.tw

印　　刷——晨捷印刷股份有限公司
法律顧問——龍躍天律師 ・ 蕭雄淋律師 ・ 董安丹律師
初　　版——2024 年 8 月
定　　價——320 元
書　　號——0170294
I S B N——978-986-450-700-9
9789864506965（PDF）
9789864506972（EPUB）